행복하지 말고,
불행하지 말고,
웃으라고

김종석 시집

행복하지 말고,
불행하지 말고,
웃으라고

김종석 시집

시인의 말

멀리서 바라보면 세상은 더 넓어집니다.

누구에게도 말한 적 없고 들어 주는 사람도 없던 시간들이었지만, 유성호 교수님은 제게 말씀하셨습니다.

고단하고 순전했던 젊은 날을 고통스럽게 통과해 온 영혼이라고. 하지만 저는 말하지 않았습니다.

연속성, 현재 진행형이라고. 그러나 김영제 스승님에게는 말씀드렸습니다.

때 묻은 얼굴과 구겨져야 했다고.

제가 글을 쓰기 시작했던 계기는 명상 수행 때문이 아닙니다.

견딜 수 없는 고통에서 벗어나고자 늘 분투했고, 지금도 하고 있습니다.

저의 "시"는 종이에 그려지는 바탕색과 같다고 동료

(문협 회원)가 말했던 적이 있는데

이는 매우 정확한 지적입니다.

다만 있는 그대로 문제점 있는 그대로 표출할 수밖에 없는 어떤 시인이라도 우리는 상호작용을 합니다.

생각이나 감정은 행동하는 것이 아니고 공존해야 하지만, 고통을 병리적이라고 보지 않는 사람도 우리는 함께 어깨를 나란히 하고 싶을 뿐임을 독자님들께서 이해하시기를 소망합니다.

이번 네 번째 시집을 출간할 수 있도록 도와주신 유성호 교수님과 천년의시작 박은정 편집장님 그리고 모든 직원 분께 감사 말씀드립니다.

2021년 9월
캐나다에서 김종석

차 례

시인의 말

제1부 바람에 썼던 이름

마음이 푸르다

내 마음은 늘 밖으로 나가고 싶어 한다
새파란 하늘이면
석양이 푸르다
바람이 푸른 날이면 그대가 오곤 한다
저녁이 푸르고 이 가을도 푸르다
하여, 푸른 촛불이 세상에 너울거린다
나는, 내 마음을 따라서 밖으로 나간다
이른 새벽 밤새 안개를 만들던
잡초에 맺힌 이슬을 가만히 쓸어 본다.

꽃을 심는다

영원히 시들지 않는 꽃을 심는다
달빛의 음악을 들으며
사랑을 위하여 꽃을 심는다

어둠의 궁륭에서
하늘에 꽃을 심는다
가장 아름다운 꽃을 심는다

꽃의 뿌리가 당신 가슴에 뻗을 때까지
사랑하는 당신의 가슴을 열기 위하여

꽃이 피어 있는 하늘이 붉을 때

천사가 나에게 한 송이 꽃을 건넨다
사랑하는 사람이 깊은 잠을 자는 것은
한 송이 꽃이 당신 머리맡에 놓여져

꽃의 뿌리가 당신 가슴까지 뻗어 있어
당신 곁에 조용히 누워 본다.

도시 안의 마을

비 내리는 시월 오후 바바리 깃 세우고
고목 향기 그윽한 길을 걸어 본다
작은 풍경이 남아 있는 도시 안의 마을
문명하고는 머—언 '시'들이 널려 있는 곳
이방인은 사라졌지만, 흔적을 찾는다
한 잎 두 잎 거미줄 청춘이 떨어지고 있다
변화를 싫어하는 중년 남자의 소망
맨해튼 같은 도시를 꿈꾸는 부르튼 손길들
언젠가 사라지는 첫날밤 지새웠던 집
푸른 바다를 날면서 에덴강 무지개의 꿈
해는 지고 비는 그쳤는데 바람이 분다.

아직 꽃은 피지 않았어

들판 길을 오가는 즐거운 봄날의 소녀일 때
소녀가 새파란 밭길에서 소년을 보면
"안녕" 하고 지나던 날 늘 푸른 새싹은 자란다
처음 본, 들꽃들 소년이 오면 반갑게 웃는다
꽃을 꺾다가 멍울진 보라색 한 송이도 꺾는다

한 묶음의 들꽃을 손에 쥐었다가 소녀에게 내민다
물끄러미 들꽃 뭉치를 바라보던 소녀가 새같이
외친다. 아직 다 피지 않은 꽃은 꺾는 게 아냐!
꽃을 바라보는 소년의 눈동자에는 활짝 핀 꽃이
몇 송이 되지 않았고 필 듯 말 듯한 꽃이 있었다

다음 날, 활짝 핀 들꽃을 골라 소녀에게 내민다
꽃은 아무 때나 꺾는 게 아니야! 어여쁜 목소리
몇 마디의 말은 했지만 해가 지날 때 떠났던 소녀
저만치서 달려오는 모습이 보일 듯 말 듯 작다
정답게 들판을 가면서 "너는 시골을 모를 거야"
"그리고 아직 꽃은 피지 않았어, 그게 아니야……!"

바람에 썼던 이름

내가 이 배를 타지 않았다면
거친 풍랑의 바다에서 절망하지 않았을 것이다

바다에서 태어난 여인의 젖은 손을 잡았을 때
우리의 사랑은 영원할 것이라고 말했다
그랬다, 이 여인이 아니더라도 사랑은 영원할 것이다

뉘엿뉘엿 태양이 거칠어진 바다에서 떠나고 있었다
선상의 몇몇 사람의 얼굴을 바람이 할퀸다
고정된 시선의 갈매기가 뱃전에서 망설이다가

사방을 두리번거리며 두 날개는 파도에 내려앉았다
바람이 일어서기 시작하면서 배가 하늘로 올랐고
바다의 하얀 물빛 끝이 춤을 추는 것 같았다

바다에서 태어난 여인의 손을 놓치고 싶지 않았다
지상에서 달리던 날 돌부리에 넘어졌던 것처럼
숨은 암초에 배가 스쳤고 물이 스며드는 것은 몰랐다

검게 그을린 선장에게 비틀거리며 다가서려 했는데
바닷속으로 침몰하는 여유로운 여인의 미소 보면서
배에 탔던 우리는 여인의 이름을 부르고 있었다.

안개 낀 부둣가에서

당신은 홀연히 안개 속으로 떠났습니다
가슴에 새겨진 당신의 얼굴을
지우려고, 파도가 다가섭니다
당신이 손을 흔들던 안개 낀 부둣가에서
뱃고동 소리는 울지 말았어야 했는데
한 송이 꽃이 되어 바다에서 떠돌다가
파도에 밀려 모래사장의 여름은 가고
바람에 한 잎 두 잎 낙엽이 되어 날다가
하얀 눈꽃이 된 당신은 뭉게구름입니다.

내 가슴 마른 잎 되어

불처럼 타오르던 낙엽의 재만 남기고
태양은 가슴을 태우며 사라져 가네

어찌도 그리 빨리 타오를까
비어 있는 가슴을 무엇으로 채우려는지

타는 가슴이 태양처럼 붉고 붉어
태울 것 없는 빈자리 커지기만 하네.

어떤 여인 하나

어떤 여인 하나가
제 삶의 이유를 변명하면서
내 귀에 격정을 참으며 속삭였다
내 안의 슬픔과 아픔을 부숴 버리겠다고,

이 여인이 아니더라도 함께 깨뜨려 버린 별
하나 있는데, 그날 밤 별을 만졌을 때
차마, 쏟아 낼 수 없는 심장박동이 멈추면서
붉은 피가 솟구치고 있었다. 금세 딱딱해진,

어쩌면 내 심장이 파멸되었는지도 모르겠다
왼쪽 어깨, 오른쪽 아래까지 가르고 싶었으니까
그 여인은 내게 손 뻗지 말았어야 했다
아니 내가 더 다가서고 싶어 했는지 모른다
꽃이 피든, 꽃이 지든 영원하길 바랐는지도

내가 하나의 물방울이라는 것을 알았다면
한 줌의 물이라는 것인데
강이 되어 폭포의 물안개처럼 날리다가
바다 위에서 자유로워진 얼굴로 변하여
제 삶의 이유를 거짓 고백했던 여인을 찾고
차라리, 솟구치던 별의 피, 나였기를 바랐다.

꽃은 피었는데

봄이 오고 꽃은 피었는데
그대 얼굴은 어디 있는가!
꽃 나비 한 마리가 외로워서
꽃을 찾아야지 ───
꽃은 찾았는데 ───
향기만 훔쳐 들고 사라져 가네
혹여, 그대가 아닌지 묻고 싶네
물방울 하나씩 떨어지다가
내 마음을 어둡게 하네
비에 젖은 꽃 나비는 별 되었을까
보이지 않네, 보이지 않네
홀로 서 있는 내가 안타까워라
푸른 하늘이 흑장미 같구나
꽃잎은 떨어지고, 또 떨어져도
새싹이 돋는 듯 꽃은 피어 가는데
말없이 떠난 그대여 ───
이 아름다운 꽃을 보아야지,
오월은 오고 꽃은 피었는데
그대 하늘이 스쳐 지나가네
그대 찬송이 스쳐 지나가네.

푸른 강의 꿈

마을 가운데 커다랗게 가르고 흐르던 푸른 강
은, 내가 소년이었을 때 꿈꾸었던 장미꽃처럼
세상은 이브의 동산 강물 소리는 마돈나 노래

하늘 위로 떨어지는 굵어 가는 빗방울 소리의
푸른색은 변하여 별처럼 잊힌 젊은 비명碑銘
풀숲에 누워 신기루의 속삭임 그리워했던 날

잃어버린 길이 여기저기 몇 자락씩 밀려오면
뒤돌아서서 모른 척 낯익은 사랑의 길 찾고
목마른 초원, 푸른 강의 그리움은 사라지는가

비 내리는 날 목이 타는 내 사랑도 떠났는데
마을을 가르고 또 갈라도 다리를 걷는 연인들
꿈결이면 했지만 푸른 강은 내 마음에 흐르네.

동산에서

자연의 풍광이 아름다워 동산에 머물고 싶다
이름 없는 꽃들, 신비스러운 꽃잎을 문 새들
파란 하늘을 날다가 나무에서 노래한다

처음 본 나무들 사이사이 함박꽃이 메우고
보라 꽃도 활짝 피어 있다. 녹음 진 초원
발길 가볍게 '아담과 이브' 동산에 올라선다

내려다본 바다는 푸른색이 짙어 배가 돛을
하얗게 올리는 수평선, 하늘과 맞닿아 있다
파도 없는 하얀 배 떠나며 미로가 자유롭다

태양이 사라진 달빛 동산 아늑한 새털구름
어디선가 음악 소리 낮게 들린다
별빛 총총한 하늘은 밝고 잠들고 싶은 동산.

떨리는 나뭇잎

슬픔이 없던 날도 나뭇잎은 떨리고
그 누구도 보고 싶지 않던 날이 없던 것처럼
보고 싶은 사람들이 떠났다며 말하고
사람이 아닌 사람들 세상엔 없다고 말한다

슬픈 공기가 청정하도록 나뭇잎은 떨리는데
밤길이 좋은 것도 나보다 더 슬퍼하는 별들
가슴을 차갑게 비추며 떨리는 나뭇잎을 본다
하얀 치마에 피를 적시며 세상에 나왔을 때

떨리던 나뭇잎이 사라진 나무는 외로웠을까
생경한 나뭇가지 사이에 상처만 보이는데
거리에 홀로 걷는 사람이 그리워서 슬펐구나
몸짓의 안온을 위해 어떤 이별이 떨렸나 보다.

사랑은

꿈결에 스쳤던 하얀 얼굴은 아니었어

바람에 날리던 검은 머리도 아니었어

산허리가 부서지는 장마가 왔던 날이었지

강물이 넘치던 날 뒷걸음치던 너의 모습,

네 등을 가볍게 안았을 땐, 넘어질 듯했어

너는 내 얼굴을 보면서 놀라지 않더구나

너는 몰랐을 거야 네 뒤에 내가 있던 것을.

터널

사랑하는 그대여!
마지막 터널이 곧 다가올 것입니다
멀리 지나야 합니다. 기다랗습니다
꽃처럼 부드러운 그대여!
이제는 우리의 모습을 볼 수 있을 것입니다
망각할 줄 모르는 그대여!
다가오는 날, 기댈 수 있도록 해 주시지요
얼어붙은 바다보다 더 차가운
제 몸을 따뜻하게 해 주세요
슬픔이 녹아내릴 줄 모르니까요
떠나면 볼 수 없는 그대여!
마지막 터널은 끝났고 어디로 가시려는지요
나는 뜨거워지고 그대는 차가워질 것인데
어둠이 좋으신지요
바위보다 더 강한 그대여!
원망할 줄 모르겠으나 세상은 아픈 곳이지요
차가운 몸으로 떠나는 아쉬움이 있지만
저는 끝까지 그대를 기억할 것입니다
그대 발자국이 파여 있는 하늘 밑에서
제 몸은 뜨거워졌지만
그대의 몸은 점점 차가워지고 있습니다.

우리가 별인 줄 알았다면

뜨겁게 타는 태양처럼 우리가 사랑을 할 때
어느 날 네가 떠났어도 돌아올 줄 알았지

새파란 별이 반짝이던 밤이면 고개가 아팠어
말없이 떠났던 네가 어떻게 별인 줄 알았을까

걱정 없이 살았던 나에게 슬픔은 없었는데
하늘까지 뻗어 있던 밤 무지개다리는
우리가 서로 만나야 했던 곳인 줄 몰랐어

밤하늘 파랗던 별빛의 사랑이 이별이라고
바위에 새겨진 네 이름을 안고 울고 있었어
우리가 별인 줄 알았다면 이별은 없었을 거야.

누이의 잠

어느 겨울 따뜻한 꽃이 묘지 앞에 놓여 있었다
누이에게 가려고 꽃집에 들렀다

누이는 결혼식을 마치고 뉴욕으로 달리고
하얀 눈이 누이의 마음처럼 향기도 고왔다

눈밭에서도 떨어지지 않던 산타클로스 할아버지
언덕을 넘고 뉴욕의 화려한 불빛이 도시를 품었다

운전사의 번쩍거리는 High Beam이 시야를 가렸다
누이의 차는 그에게 길을 비켜 주었고

거침없이 달려오던 트레일러와 눈 속으로 숨었다
불야성이던 무지개다리도 강 밑으로 빛을 삼켰다

사랑하는 두 사람이 손을 잡고 하늘에 올랐을 때
천사는 눈물을 흘리며 두 사랑을 품속에 안았다.

시각장애인의 아침

그는 말을 하지 못하고 듣지 못했지만, 가녀린
지팡이 하나를 꺾으면서 계단을 오르고 내렸다

사람들 마음은 알고 있었으나, 건널목을 건널 때
누군가 손을 잡아 주지 않아도 웃으며 서 있다

건널목을 막 지나려는 순간에 기차가 지나갔다
기적 소리는 기차가 보이지 않을 때까지 울렸고

몸의 울림으로 철마를 느끼면서, 도랑이 나왔다
그는 꺾어진 지팡이를 펴고서 땅을 툭툭 만졌다

그때 아장아장 엄마 손을 잡고 걷고 있는 아이가
그의 손을 잡고 징검돌 있는 곳으로 데려간다

징검돌을 밟고 건넌 다음 아이를 품속에 안았다
시각장애인은 비로소 세상을 보았다.

앵두꽃 안개

밤새, 대나무들의 신음에 몸을 뒤척이다
손이 동생 가슴에 닿는 느낌이 괴이하여
자야 하는데 할아버지가 밭으로 가시고
대청으로 걸어가 마루에 앉아 마당의 안개를
비행기에서 구름을 내려다보았듯 고요한 아침

늙어서 더는 커 나갈 수 없는 배나무의
하얀 꽃잎, 푸른 잎에서, 꽃술이 달콤하다
마당에 내려가 안개를 무릎까지 내리고
앵두나무 앞으로 갔다. 꽃이 땅에 떨어졌다
앵두꽃 안개가 빠알갛게 나를 안고 있었고
안개를 걷으니 감꽃들이 땅에 피어 있었다

여름을 보내고, 가을에 떠나려 했을 때는
아버지가 오시지 않아 배가 많이도 열렸다
짙푸르게 펼쳐진 바다에서, 동창생들이
낙지를 젓가락에 감을 때 나뭇잎이 황금 같았고,
여자 동창생은 홍조를 띠며 손을 흔들었지
나는, 앵두꽃 안개와 석양에 떠나고 있었다.

꽃의 슬픔

슬픔을 모르는 사람 세상에 많지만
꽃의 슬픔이 나와 같아서

꽃의 이름을 몰라 물었어도
수많은 꽃 중 백옥처럼 하얘서
하얀 꽃이 아닌가 물었을 때

자세히 들여다보니 눈물이 고여서
울고 싶었지만, 꽃이 보고 있기에
눈물은 가슴을 돌고, 꽃의 슬픔이

무엇인가 묻고 싶었지만,
나를 또렷이 쳐다보면서 슬퍼하지
말라는 몸짓이 꽃의 슬픔이었네.

이제는 슬프구나

내가 떠난다면
고통이 떠날 수 있을 줄 모르겠네
네가 꽃이었을 때
그때는 사랑을 생각했었네

생의 말미같이 아쉬운 게 아니고
뒤뜰, 고목의 꿈이 사라지던 날
슬픔이 있어도 울지는 않았는데
지금은 울 수가 없는데 눈물이 나오는구나

바다에서 사랑을 찾으려 하다가
가을에서 찾으려 하다가
밤이면 달빛에 찾으려 했어도
어디에도 사랑은 없었다네

집에 와 뒤뜰 고목과 얘기하다
늠름한 고목은 사랑을 말하지 않던데
고통이 있어도 말하지 않던데
네가 자결했다는 말도 믿었는데.

꽃을 안았는데

나는 꿈을 이룰 수 있었는데
아름다운 집을 설계했는데
하늘이 꿈을 주셔서 고마웠고

사랑을 찾으려고 했었는지
꿈을 들고 세상을 헤매다가

한 송이 꽃이 외롭게 보였어도
지나치면 시들어 버릴 것 같아
달래고, 달래 주면서 안았다가

뒤뜰이 넓은 화단에 옮겨 심었다
꽃은 뿌리를 뻗었고, 화려했는데
기둥 밑에까지 뻗은 것은 몰랐다.

수상한 장미

뒤뜰의 장미, 수상한 웃음인데
해마다 사이사이 꽃을 심었다
이슬 맺힌 꽃이 향기로웠는데

슬픔이 올 것이라 말할 것이지
줄기를 흔들면 이슬은 떨어지고
비가 내리면 창가를 맴돌면서

꽃잎 하나가 떨어질 때면
가슴이 빗속을 달리고 있었다
튤립이 지면 양귀비가 피었고

꽃이 함께 어울려 아름다웠다
아침이어도 즐거워 행복했으며
밤이면 달빛은 꽃에 머무르고

이슬에 젖어서 반짝이던 것은
달의 집이 무너져 꽃밭도 사라진
장미의 손길이 오는 것 몰랐다.

마지막 눈물

너를 보면 슬퍼지니까, 다시는 나에게 오지 말아 줘!
한 번만 더 울면 올 수 없는 사람이야! 슬프게 하지 마,

내가 아픈 줄 알면서 너는 나를 떠났잖아! 어디 갔었어?
아무 말 하지 말아 줘 변명은 듣고 싶지 않아, 지겨워

꽃밭에 함께 갔던 것은 기억할 거야, 네가 떠나기 전
떨어진 꽃잎을 짓이겼잖아! 그게 무슨 꽃인 줄 알아?

내가 심은 꽃이었어! 이름은 모르지만, 함께 가려고
제발, 나에게 오지 말아 줘 우린 충분히 울었잖아!

마지막 눈물은 남겨 놓고 싶어, 떠날 때 그때 울려고
이젠, 뒷모습을 그만 좀 보여 줘, 몇 번째인 줄 알아!

선장을 사랑했던 여인

그대 얼굴이 나의 열정을 태우고 있었네
배를 몰고 밤을 항해하는 취한 선장이 되어
낯익은 바다를, 조그만 섬 주위를 더듬거렸네

어둠 속 바다 아무것도 보이지 않네, 아무것도
가로등 밑 배들이 몰려 있는 다리 아래에서
동료들이 고요히 낚시잡이 하고 있네

술은 마시지 말라고 그대는 간곡히 말했다네
나는, 용감한 선장, 그대를 위하여 이 어두운
밤이 전혀 두렵지 않았네, 나의 여인이여!

동이 터 오를 무렵 동료들이 사방으로 흩어질 때
그대가 기다리는 부둣가로 갔었는데
그대는 보이지 않았고 안개가 희미할 뿐이었네.

제2부 별을 만지다

조각상

흐물거리는 조각상
숙달된 조각가의 흉내를 내 본다
강철은 안쪽 연식은 겉에 씌운다

종종 멋진 조각상이 걸어갔었다
온통 장미꽃 같은 영혼이었다
아름답고 젊은 천사였을 것이다

텅 빈 속, 그래도 골격은 강철이다
무슨 생각이 그리도 많은 것일까
우리는 무슨 생각을 하고 있을까

미라가 되고 싶다면 단 한 번의 '혼'
조각상이 되고 싶다면 보여 주는 것
마음은 더욱 내보일 수 없을 것인데.

은빛 쟁반을 든 소녀의 노래

가까워라, 가까워라
멀리서 올라서는 태양이 구름을 헤치며
나오려는 부서진 햇살이
은빛 쟁반을 든 소녀의 노래가 너울거리는
촛불이, 안개에 가려진
별들이 은빛 쟁반 위에서 구르고 있다
영혼이 지나며 놀라는 이 노랫소리도
검은 머리에 머물다 사라지고
이슬 맺힌 장미꽃 향기가 그리워서
은빛 쟁반을 든 소녀가 노래를 부르고 있다
안개에 가려진 태양 소녀의 얼굴을
비추려다가 안개가 붉어지면서
은빛 쟁반이 물방울처럼 변하고 있다.

나는 장미가 누군지 안다

이슬 맺힌 장미가 엄숙한 말을 한다
다가서지 말라, 미끄러지는 이슬
나는 장미가 누군지 안다
중고품 시장에서 중고 별을 팔고 있다고
말하려 했다

드디어 찾았던 황금이 반짝인다
세상이 밝아 오면 슬픈 장미
안개꽃 다가서는 아침 녘
나는 잠든 척하고 있다 노숙자의 아침
빚쟁이의 아침, 가난뱅이 부자들
앵두꽃 안개 그대여 일어서라!

아무것 할 수 없는 장미의 절정, 그 후
장미가 가장 좋은 꽃이라고
향기가 곱다고, 장미가 말하고 있지만
가을에 피고 가을에 몸져눕는 장미.

아쉬워하지 마!

널 버렸다 해도 아쉬워하지 마!
버려져서가 아니고 버려지길 기다렸다

이루어 놓은 꿈 머무는 것이 아니야!
움직일 수 없는 나무도 살아 있잖아!

믿음을 주었는데 진실이 오지 않아서지
분노하는 사람 어리석다 할 수 없는 것

감추는 것처럼 괴로운 것은 없어,
너처럼 달래면서 사는 것이 인생이니까

이 세상 그 누구도 믿지 마! 너 자신도
질시와 욕구가 너를 망친 것이겠지만.

한세상 살면서

걱정하지 않던 날은 없었지만 아무도 말하지 않는다면
배고프지 않을 만큼 넉넉한 바다 같은 영혼일 것인데

추수한 들녘에 있는 허수아비를 찾는 사람은 없을 것이다
한세상 살면서 가을이면 누구도 배고프지 않을 것이고

꽃은 시들고 아쉬워서 황폐해진 들녘 같은 마음일 뿐
탓하고 싶은 그 누구도 없는데 때로는 세상을 원망하면서

마음 졸였던 순간들 내 마음을 내가 알 무렵이기에
걱정할 것은 없다고 수없이 다짐했지만, 다음 날이면

무언가 마음이 서운해지면서 잘못된 것이 있는 것 같아
파도처럼 밀려오는 서러운 가슴을 달래는 일상이라고.

물고기

소년이, 강에서 잡은 나는 작은 물고기였다
먹을 수 없는, 물고기, 우물 속으로 던져졌다
숨을 곳이 없을 때, 돌같이 움직일 수 없었다
홀로 사는 것이 습관이었기에 외롭지 않았으며
사랑할 것도 없는, 어두운 밤이면 강이 그리웠고
사람들이 나를 봤던 것은, 나만의 세상은 없었다
가뭄에 우물이 말라 가면서 흉년에 배가 고팠다
비늘이 벗겨지기 시작했던 대나무의 화살촉
우물이 바닥을 보이기 시작했을 때는 두려웠으며
머리를 돌 틈에 넣었다, 더는 감출 수 없는 몸
이제는 죽어야 할 일만 남았다고 생각할 때
해마다 맞이하는 장마가 왔고, 우물이 넘쳤다
어느 날 밤, 세상이 궁금하여 물 위를 유영할 때
그물 속으로 들어가면서 후회할 것은 없었는데
성장한 소년은 나를 데리고 강으로 가고 있었다.

나는 바람인데

내 모습 보이지 않아 안타까운 마음
수없이 거울 앞을 스쳐도 꽃 그림 액자 한 개
영원히 바람이고 싶어 했던 혼
소년은 걷고 또 걸어 밤이 이슥할 때처럼
당황하며 짙은 어둠 속 두려웠던 때
심장 소리 점점 작아지는 새 울음소릴 들었지
반항할 수 없었던 수많은 거친 손
갈대 뿌리까지 누워 버린 그 분노를 위하여
나 바람인데 밤마다 뒤편에 울부짖던 대나무 숲
한 줌 재가 되고 물이 되어 바다 위에 있는 나
너를 보고 싶어 햇볕에 몸 말리고 가볍게 가겠네.

별을 만지다

연못의 별 하나 빛이 흩어지고 있었다
빛을 버리고 사라지니 검게 탄 어둠이고
말 많은 우주 구석에 모두가 잠들었을 때
고요한 빛 덮여 있어 별을 만지다, 번뇌구나
하늘 밖으로 뛰쳐나온 별을 만지다
별들이 버리고 간 침묵의 불빛 사유들
어쩌면, 이 고요가 지평선이, 죽음들이 곱다

풍년의 들녘이 노을 같아 탄성 하면서
흰 구름을 뚫고 쏜살같이 다가서는, 별
별빛 쏟아지던 날 잃어버린 하늘이리라
조금만 더 자유롭고 싶던 새들도 사라졌고
장미꽃 불타는 빙하라고, 매우 추웠던 밤
차가운 시체 다리들, 별은 밀려 나와 있었다.

물고기는 그렇게 컸다

연못에 유영하는 물고기, 별들이 가득한 하늘에는
오색찬란한 꽃이 피어 있어도 고독하기만 합니다

물고기가 지나면 들꽃들은 연못에 비추면서
별들이 연못에 흩어지고 있을 때 물고기 자랍니다

흩어지는 제 얼굴이 그리워 물고기가 잠들 때까지
연못가 살구나무의 파랑새 한 마리 잠 못 이룹니다

그물 든 아이들이 물고기 잡으려 구석구석 살필 때
물고기는 떨어진 꽃잎 아래서 두려워하고 있습니다

물고기가 몸을 가릴 수 없을 정도로 컸을 때는
들꽃은 꽃잎을 아낌없이 연못에 던져 주곤 합니다

강으로 가고 싶은 물고기의 꿈이 이루어질 때까지
이룰 수 없는 줄 알면서 물고기는 그렇게 컸습니다.

보이지 않는 길

함박눈이 펑펑펑 하늘에서 내릴 때 들판으로 달린다
파랑새는 떠나지 못하고 소년의 발걸음만큼 앞서고
보이지 않는 길이지만 파랑새 꽁무니 따라다녔다

예전엔 4월에도 눈이 내렸는데 벚꽃 축제가 열린다
우리나라는 아름답다. 소년이 사는 가을 나라처럼
하얀 새가 눈이 되었고 마지막 눈이 내리는 것이다

굴뚝 연기는 보이지 않는다. 너울거리며 춤을 추었는데
커다란 눈의 세상, 지나는 발자국이 보이지 않는다
마당에 벌렁 누운 소년의 눈길이 하늘을 바라보면

기다리고 기다리다가 가장 먼저 핀 꽃은 옅은 향기로
하얗게 그리움 지우고 있다. 눈은 녹아서 어디로 갔을까
파랑새는 날개를 접고 홀로 걷는 소년, 누군가 보고 싶다.

하늘 높이 뿌려 본다

잔물결 연못에서 피 바람이 솟구친다
소년은 아무렇지 않은 듯 바라보다가
꽃잎이 소년의 옷에 붙은 것 같다

어디로 갈까? 소년은 어둠에 있다
바람이 잠들 때까지 옷이 찢기고
메아리도 들리지 않아서

초롱불 집에 가지만, 별빛만 찬란하다
검은 이불 속을 파고들 때 시체의 다리들
과 함께 엉겨 붙는다

그것이 무슨 상관인가. 졸릴 뿐인데
하늘이 세월을 보내면서 청년이 된 소년,
줄기찬 오줌살을 하늘 높이 뿌려 본다

멀리인 듯, 그러나 가까운 숲에서 바라보는
늙은 여우 한 마리, 하늘 높이 따라가고 있다
하늘은 비통한 여우의 울음을 듣고 있다.

이 가을이 지나면

이 가을이 지나면
나뭇잎은 떨어지고
무엇이 아쉬워 서성이는가
낙엽을 태우고 또 태웠는데
별들이 유혹하는 가을밤이던가
서성이고 서성이다가
눈에 보이지 않는 곳으로 사라지면서
지난 것은 기억하지 말자고
머무를 수 있는 순간까지만이라도
사랑을 하고 또 사랑했을까
이 가을이 지나면 떠나가는
사람을 붙잡지 말고 망설이지 않는
파도처럼 방망이 치는 빈 가슴 소리
또다시 무엇으로 채우려는지.

징검다리

강가의 들꽃은 얼마나 야무진지요
아무리 강한 태풍에도
꽃잎 하나 떨어지지 않지요
사랑한 당신 마음속으로 그려봅니다
세월이 많이 흘렀어도
한순간 당신을 잊은 적 없지요
당신이 오고 싶으면 언제든 오시고
싫증이 나면 가셔도 괜찮습니다
징검다리 앞에 서면
망설이고 있는 모습이 아름다웠어요
당신을 업어서 강물 건네줄까 하다가
손을 잡고 징검다리 건너는 것이
이렇게 신비스러울 수 있을까요
당신은 하고 싶은 얘기가 많겠지요
새 울음소리처럼 고왔던 목소리.

배고플 때 행복했다

스무 살 때부터 잔칫집을 들새처럼 기웃거렸다
배가 고팠어도 청춘의 날이기에 힘차게 달렸다
버드나무 아래엔 코로나 택시가 머물렀다
용감한 청춘, 여기저기 널려 있던 사랑을 좇았고
대통령의 성명문, 허리띠를 조금만 조여 달라고
미친 짓이지라고 말하는 사람은 한 명도 없었다
요즈음 행복은 옛날이 그리운 핏빛 막창 순댓국
포크와 나이프 던지고 이문설렁탕집에 이른다
삼겹살, 오겹살을 외쳐서 사겹살을 먹어 보았다
요즘, 정말이지 고기 맛이 놓쳐 버린 물고기 같아
배고플 때 행복했고, 배부를 때 꽃은 시들었다.

네가 있기에 내가 있다

멀리 있어서, 아주 멀리 헤어져 있지만
네가 있기에 내가 있다
뾰족한 화살촉엔 나의 그리움이라고
써진 편지를 힘껏 당기니
편지는 흩어지고 화살만 날아간다
무중력 공간처럼 빠르게도 가는구나
그리워서, 너무 그리워서 마음을 전하려고
했는데 상처 난 편지만 허공에서 춤춘다
이번엔 꽃잎을 꿰매고 힘껏 당겼는데
꽃잎은 바람에 흩어지고 사라져 간다
너에게 내가 가는 길이 이토록 거칠구나
네가 없다면 화살촉이 뾰족한 이 길도
없을 것이다. 너에게도 이르지 못한 화살촉
네가 있기에 나는 영원히 사랑할 것이다.

꽃을 피웠다네

세상을 달릴 때 가난이 웃었는데
거울을 보면 머리카락 한두 개가
하얬어도 뒷머리는 보이지 않았네
생각 없이 사는 사람은 없겠지만
눈에 보이는 길을 달렸다네
얼마쯤 달렸을까? 길이 막혔을 때
새로운 길을 찾아 달리고 있었는데
땀을 흘리며 가슴이 울렁거려서
죽을 것 같은 생각이 들었을 때
뽑아 버려도 일어서는 민들레처럼
짓밟히고 짓이겨졌어도 일어섰다
민들레 꽃씨와 아지랑이 날면서
꽃씨가 가슴에서 꽃을 피웠다네.

별의 얼굴

장미꽃처럼 웃던 네 얼굴이 늘 반가웠는데
너와 함께 가을 바다 해변을 간다
청춘을 다하지 못하여 누군가와 사랑하는가

네가 보고플 땐 네가 쓴 손 편지를 본다
꿈속에서 별의 얼굴이 붉게 다가오곤 한다

세월이 가도 네 얼굴은 시들지 않는 장미 같더구나
너와 함께 자주 갔던 바다가 울고 낙엽이 울면
아쉬워서 조금만 더 머무는 겨울 저녁을 사랑한다.

구월의 밤바다

아른, 아른 그리운 얼굴과 9월의 밤바다에 왔다
가을이 왔는데 보이지 않는 나뭇잎 소리만------
너처럼 사라졌던 바다가 어둠 속에 달려오고 있다

뜨겁게 탔던 청춘들이 자유롭게 취했던 주막에서
여름날이 부서지는 딱딱한 거미줄처럼 고독하고
파도 소리 들리지 않는, 네 얼굴은 말이 없구나

창문이 울고 십자가도 감춘 구월이 푸르고
구월 어느 날 성급히 달려왔던 네 숨소리 거친데
우리는, 우연히 만나지 않았다. 바다가 떠난 횟집엔

네 얼굴이 투영된 달빛 창문도 녹슬고, 금이 갔다
우레는 사랑이요 천둥은 이별이 아니다 (바람이 스친다)
술병이 우뚝 선 구월 밤 아홉 시 세워져 있었는데……

달에 가다

달 밝은 가을밤 그림자 밟고 걷는다
볏짚 향기 맡으며 더듬거리며 걷는다

들판을 산책했나, 허수아비 세우고 왔나
달이 빛나는 곳에서 음악 소리 들린다

춥지 않니? 아니, "아직은 춥지 않은데……!"
파란 나뭇잎이 하늘에서 춤추고 있었다

가을과 함께 달에 갔다. 소리치는 달
음악은 무지개처럼 멀리인 듯 뻗어 있다

가을이 말한다. 달이 외로운 것 같다고
바다를 바라본다. 홀로 몸부림치는 "달"

은어의 강

별 되어 반짝이는 빛 자락 은수저처럼
셀 수 없이 오랜 세월 강물은 머무는데

저녁녘 강을 보면서 뒷걸음치고 싶을 때
보고 싶은 은어 같은 소녀여! 이름은 몰랐네

은어 되고 별 되어 강물엔 붉은 달이고
소녀는 잡초 강둑 위에 주저앉아 있네

떠나는 머---언 꿈나라처럼 미로 얼굴이네
달빛이 흔들리던 강 위로 뛰어오르는데

나뭇가지 사이사이 달빛 사라진 추억이여---!
은어의 강 반짝이는 은비늘은 고왔네.

폭포 명상

떨어진다, 떨어진다, 떨어지고 있었다
폭포는 그만의 거대한 굉음에 스스로 놀라며
수천 톤급의 물방울이 뭉쳤고 떨어지고 있었다
산에 올라 눈을 감고 떨어지고 싶었던 나처럼

단 한 푼도 없었던 청춘의 그날, 모질게 떨어졌다면
잊히지 않는 통곡이 흐르며 털어 내려는 폭포는 없을
것이다
오랜 시간 떨어지는 물방울 보다가 출처가 궁금하여
폭포를 거슬러 위로, 위로 달릴 때 그토록 고왔던 것
인데

낮고, 낮아 넓은 강 날카로운 돌머리는 셀 수가 없다
저곳이 땅이라면 수많은 발걸음이 돌부리에 넘어졌을
것이고
저곳이 강이라고 말하지만 아팠던 상처가 아물지 못
했다
저들이 함께 모이니 물안개 오르면서 포말이 생각났다

바다 끝을 생각했던 태초, 폭포에 몸 던졌던 사람들이

그리웠다. 그랬다. 우리도 폭포일 수 있으며 바닷가의
우리보다는, 나는 이미 바다에서 파멸된 파편이기에
물고기 되어 바다로 갔을 때 갯벌만 차갑게 펼쳐 있었다.

나이아가라의 밤

나이아가라폭포에서 해가 저물어 가고 있었다
가로등 꽃들이 화려하게 손에 닿는다
손잡은 소녀가 꽃을 만지면 물안개 젖는다
김이 피어오르듯 물안개는 조명에 단 한 번도
폭포 안에서 떠난 적이 없었는데
무지개 안개는 해 질 때 사라진 줄도 몰랐다
굉음 속, 입맞춤하는 연인의 밤 무지개 같다
소녀에게 말했다. 폭포에 몸 던졌던 사람을,
이별할 줄 모르는 소녀 난간 붙잡고 올라선다
돌계단 올라선 소녀의 탄성이 떠내려간 몽상,
축제는 끝났고, 물안개 소녀가 보이지 않았다
소리치며 불렀다. 굉음 속에 빨려 드는 이름을.

안개 바다

자욱한 안개 속 희미한 바다가
파도치면서, 내 가슴을 때리는
바다 가운데 작은 배 한 척 있었네
바람이 안개 쓸어 가니 선명했는데

보이지 않네, 작은 배가 보이지 않네
아니, 그 배 안에 내가 타고 있었네
바람이 거칠어지기 시작했을 때
갈매기 한 마리 보이지 않았고
태양만 차갑게 노려보고 있었네
출렁이는 바다에서 떠나고 싶지 않았네
나도 춤을 추다가, 출렁이다가
중얼거렸네, 바닷속이 궁금하다고
세상보다는 바닷속이 더 아름다웠네.

제3부 행복하지 말고,
       불행하지 말고,
       웃으라고

가난뱅이 부자

소년을 건너뛰어 중년이 되었다
지금 생각해 보니 혼자서 살았구나
소년 때는 부모가 보이지 않아서
서러운 눈물을 많이도 흘렸지만
노동이라는 것이 불면에는 좋던데
그때는 인생의 시작인 줄 알았지만
어떤 여자가 노동자를 좋아할까
결국 부자가 되었지만, 불행해졌고
젊은 날이 없었던 것은 가난이었다
부자와 가난뱅이의 마음은 같았다.

꼴찌 인생

이제는 할 말이 없어서 손으로 말하지요
그 지겨운 별과 꽃은 말하지 말라고
내치는 손길이 떨어져 허공에 있지요
허공에 있는 말이 빗물에 섞였다가요
우산 위에서 튕기면 고요가 슬펐는지
이제는 할 말이 없어서 내치는 헛발질이지요
너스레 떨던 봄밤 대나무 평상에서
이제는 누워도 별이 보이지 않는다고
평상시처럼 살다가는 그저 그렇다지요

어느 날인지 모르지만, 말하고 싶지 않던 날
꼴찌 할배가 꼼지락거리는 손길이
흩어진 꽃잎 보라는 듯 손가락 다섯 개가 서면
우리가 꼴찌 할배가 되는 그 세월 동안
한 번도 용기가 없었다지요라고 말합니다
그때 생각이 조그만 비눗방울인 것을
또는 내질렀어야 했던 비명만이라면

단 한 번도 내지르지 못해서요, 그래서요
지금 이 모양새로 죽은 쥐가 누워 있습니다
평상 밑에서는 대나무 갉아 먹는 밤 고양이

꼴찌 인생을 살다가는 꼴찌가 되니까
터지는 목소리가 커야 후회 않는다지요
지금이 오늘이니 방실대지 말고 치대세요
쫄깃한 인생을 위해서 손으로 말하지 않도록
용기를 내서 호통쳐 보세요 여보세요.

세상이었다

사랑과 믿음보다 더 귀한 것은 없었다

내가 순진했을 때 약속이 지켜질 줄 알았다
그러나, 그 약속이라는 것은 없었다
내가 몰랐던 것은 어리석은 믿음이었다

사랑을 알았을 때 모두 믿었던 것이다
가슴이 터졌던, 꿈이 이루어졌던 날
나이 든 여인, 나를 안고 쓰러지고 있었다

신앙의 사람이라도, 믿을 수 있는 가족일까
꽃보다 더 아름다울 것이지만, 없었다
세월이 흐르면 밝을 것 같았던 어둠이었다

저택을 지은 나이 든 여인, 더 늙어 있었다
그 후, 속지 않으려 했지만 세상이었다.

행복하지 말고 불행하지 말고

멀리인 듯, 파랬다가 붉어지는 하늘엔
우리를 기다리는 천사가 있을 것이다
자주자주 하늘을 보면서 살아가라
때로는, 검은 구름이 세상을 어둡게 하고
폭우가 쏟아져도 슬퍼할 필요는 없다
켜켜이 쌓여 있는 하늘은 영원하다

드넓은 들판, 숲은 푸르고, 바다도 푸른데
이 땅을 파헤치며 행복을 찾으려 말라
죽음도 슬퍼하지 않는 이곳에서
사람이 사람을 죽이는 이곳에서
이루어 놓은 꿈을 짓밟아 버리는 인간들
은, 불행이 무언지 모른 채 외면하면서,

행복하려 하면 더 불행해지는 이 땅은
인간이 생성되면서 망쳐 버렸던 곳이다
하늘에도 이르지 못하는 사람은 많다
매일, 근심에 싸여 가는 것도, 행복하려고
하면, 더욱 불행해진다.

웃으라고

사랑했던 너와 나, 별들이 어울려 있는 곳
에서, 힘차게 달리니 발길 가벼웠는데
구부러진 빛 신기루 같은 세상이 드러나고

아무도 보이지 않는 얼굴, 어둠을 삼킨
서툰 빛으로 때로는 숫자로 다가왔다가
광장엔 사랑을 버리고 간 침묵의 입술,

어두운 마음인데 잃어버린 그리움인가
수만 가지 미소들, 스쳐 지나 버린 날들
오늘 하루 하늘에 뭉치고, 행복과 불행까지

별들이 빛을 쏟으면 행성 흩어진 하늘이리라
씨앗을 심고, 꽃을 피웠고 열매가 맺혔지만
사라진 장미꽃, 빈터에서 '웃으라고' 하는가

희망은

행복하게 살아도 즐거워하지 말라고
다가오는 날을 어떻게 알 수 있을까
웃었던 날이 얼마나 되는지 모르지만

지난 것은 먼지였고, 보이지 않는다
모두 알았다기에 자만하지 말라 했고
흔들리는 마음을 다스리라는 것인데

비난하지 말고, 욕심내지 말라 했다
행복하려 하면 불행해질 수 있는 것
인생, 장미꽃처럼 희망은 영원하다.

여인은 말했다

길이 없는 길은 없었고
다만 내가 갈 수 있는 길이 없었을 뿐이다
나를 따르라고, 나를 믿으라고 했던 여인
법정에 나타났을 때 위경련이 오고
숨 쉬기가 어려웠으며 맥박은 떨어지고 있었다

암흑에 쌓인 동굴에서 옷 벗은
얼굴의 미소가 애련해서는 아니었고
아직은 하얀 살결이 부드러울 것 같았을 뿐
이전에도 없었고 이후에도 없었던 가면이라고
말하고 싶었지만, 협착증을 앓고 있는 여인,
목이 떨려서 말할 수 없는데 여인은 말했다.

가난해도 추하지 않은

부자였다가, 가난해지면 추해지는,

여름날 푸른 잎은 가을이면 황금 들녘
달빛은 외롭지만 발길은 가볍다
주는 것에 인색하지 않고
감사하다는 말이 없어도 하늘이 아는 것을,

가난해도 추하지 않은 삶이라면 아름다운 것
가난뱅이 부자라며 콕 집어 말해도
하늘을 보라고 어두워졌다가 밝아지는,
바람이 불다가 비에 젖은 옷이 뜨겁다

아름답지 않은 꽃이 어디 있겠느냐고
마음이 아파도 세월 따라 지난다고
시린 겨울엔 하얀 눈 속 몸을 뒹굴면
세상 모두가 하얘서 하늘도 하얗다.

이 세상에서 가장 높은 산에 오르니

이 세상에서 가장 높은 산에 오르니
한꺼번에 꽃은 피었고 세상은 향기로웠으며
인생은 꽃처럼 피고 지고 하면서 영원할 줄 알았다
히말라야 정상에서 손 흔들던 산악인을 보았을 때
하늘 끝까지 못 오를 리 없으리라 생각하면서

히말라야 정상 높은 산에 오르고 낮은 산을 펼치니
세상 끝까지 눈에 덮여 그토록 아름다웠던 것을
웃던 산악인이 깊숙이 꽂았던 초록 천을 뽑아냈고
품에서 꺼낸 비단 장미꽃 문양이 펄럭이고 있었다
북서풍이 불면서 눈 폭풍은 지나는 줄 알았는데

차가운 몸 움막집을 찾았고 몸이 뜨거워질 줄 알았다
어찌 된 것일까 죽어 있는 사람 죽어 가며 흐느끼는
그들의 옷을 모조리 벗겨서 내 몸을 감싸고 있었다
죽고 싶지 않았고 목숨만은 살아야겠다고 하면서
보이지 않는 창문 어둠이 올 때 졸렸지만 죽는다고

수만 마리 하얀 새들 높은 산에 오르는 꿈결에서
아름다운 물고기는 바다 깊은 곳에 노닐고 있었다
가난했던 젊은이 높은 산 오르지 말았어야 했던가
사는 동안 희망의 눈물을 흘리리라, 꽃을 피우리라
아카시아 꽃잎같이 향기로운 세상에 살기 위하여.

기다림

사는 게 기다림이라고 말하지만
아무도 알지 못하지요
제가 말하겠습니다, 고통이라고
며칠 날만이라도 마음이 즐거웠다면
봄날이 지난 줄도 몰랐겠습니다
인생이 지난 줄도 몰랐겠습니다
기다림도 없이 살아간다면
사랑의 고통이 있겠느냐고
사는 게 기다림이라고 말하지만
바람조차 스쳐 지나지 않는다고.

오늘은

오늘 하루는 지났다,
인생이 끝날 무렵 그렇게 생각할 것이다
엉켜 있던 지난날도 풀릴 것이며
다가오는 날이 있다면 별이 되는 것 아니고
흙이 되어 꽃을 피울 수 있을 것이다
불에 태워져 강물도 될 수 있을 것인데
가묘를 만들어 놓고 무심히 바라보는 사람
불행했든, 행복했든, 사랑했던 사람과
함께 날개를 펴고 가고 싶었던 곳을
모두 가 보는 것이 즐거움일 것 같아서
우리가 살아 있을 때 여행할 수 있다면
오늘은 어디를 갈까? 여유로운 사람들
하고 싶었던 꿈이 있었는데 시간이 없다고
오늘은 지났고 벌써 새로운 날은 왔는데.

지금은 잊었다

가장 고독한 시간이라며 말하지 않았을 것이다
오는 것이 무언지 알 수 있었다면

행복하게 사는 사람, 아무것도 모른 척하는 것
불행하게 살고 싶은 인생은 없다

이루어진 꿈이 있었기에, 영원할 것 같았으며
모든 것은 지났지만, 아쉬웠다

상처가 아팠어도 죽어 갈 뿐이라고 하지 않았고
지난날은 즐거웠는데, 한순간뿐이라고,

올 것이 왔다고 생각하는, 나는 무엇을 했을까
나였기에 어쩔 수 없었다며 변명하고 있다

슬펐던 시간이 오래였다. 그랬어도 잊지 못했고
보고 싶은 사람은 있으나 지금은 잊어야겠다.

너는 나를 몰랐다

그때, 너를 만났다
세상에 대하여 몰랐을 때라면 정확할 것이다
내가 좋아했던 것은 초원이 있는 자연이었고
사는 것이 무엇인가? 또는, 사랑이란?
고뇌하고 있을 때 움직일 수 없는 꽃이 있었다
너를 유혹하려고, 꽃처럼 곱다고 말했다

여자가 말 없는 남자를 좋아했을 때였다
더구나, 나는 떠나야 하는 날을 기다리면서
신세계에 대한 미지의 꿈을 생각하고 있었다
어느 날, 네가 나를 술에 취하게 했으므로
의식을 잃었고, 술에 몸이 젖어 아침이 추웠다
여자보다 술을 더 좋아했던 나를 너는 몰랐다.

세상이 불탄다

우리가 아름답게 사랑을 할 수 있을 때면
강물이 흐르면서 석양은 붉어 가고
용광로 같은 우리의 가슴은 불탄다
하늘이 타는 모습 보이지 않아도
너울너울 춤추는 여인 볼 수 없어도
춤이 익는 마지막일 때 불타는 것이다
약속과 믿음의 영혼이 불타고 있다
바다가 불타고 세상이 불타는 가을같이
불타는 세상에 살면 별이 타고 달이 탄다.

용서받아야 할 사람은 없고

당신을 용서해야 한다면
나를 용서해야 할 것이다
짙은 안개 때문에 분간할 수 없었다고
그 변명을 받아들인다고
슬퍼도 울 수 없는 사람이기에
용서가 아닌 사랑한다고
어느 누가 우리를 용서할 수 있을까
이 가을이 푸르고 푸르러서
마음이 바다처럼 푸르다면
하늘이 되고 별이 되어
이 세상 용서받아야 할 사람은 없다.

어렴풋이

젊음이 황홀했던 것도 몰랐다니 여인에게
말하고 싶었던 그 아름답던 날은 가고
젊음의 별들도 빛을 잃고 어둠 속에 있구나
어렴풋이, 그녀를 처음 만났던 날은 잊었고
부드럽고 하얗던 얼굴의 미소가 고왔는데
나의 기억은 흩어지고 낯선 얼굴 같은 여인

어디서 무엇을 했던가 그저 지나갈 것이지
수많은 이름과 바람에 날리다 머무는가
가볍게 날고 있는 하얀 나비가 웃는 봄바람
에, 이제는 돌아갈 수 없는 들판의 숲은
더욱 풍성하게 푸르고 우리가 맴돌던 그곳
꽃잎이 바람에 날리우고 이름을 불렀는데.

이별

당신이 내 등을 쓰다듬어 주지 않는다면
이 세상 누구도 내 등을 쓰다듬어 주지 않아!
당신이 나를 안아 주지 않는다면 누구도 안아 줄 사람
은 없어!
걱정도 하지 마! 그리고 내 등을 부드럽게 쓰다듬고 있었다
그녀의 목소리는 차분했고 웃는 모습이 어두운 밤이었다
갑자기 어깨가 가벼웠다. 더는 무슨 말이 필요할까

그 자유스럽던 날 밤은 더욱더 깊어만 갔다
이제 와서 그 말을 되새긴다 한들 후회는 미숙한 것
행복하라고 말하고 싶었지만, 그녀가 보이지 않았다
별을 만지는 것처럼 열쇠 꾸러미를 만지작거리다가
열쇠 하나를 빼어 내고 있었다. 그립지도 외롭지도 않았다
사람은 오늘을 사는 것 어제는 갔고 내일은 몰랐다

매일 보아서 황혼의 구름인데 저물어 있는 마음이었다
태양도 저물고 오랫동안 머물렀던 기억도 저물었는데
그저 한쪽만 비추었던 햇살인 줄 알았다. 그랬다
사랑도 그리움도 가 버린 지 오래였지만
외로운 달처럼 이곳저곳을 기웃거리고 있을 때
가슴을 열면 쓴맛이었고 네가 꽃이기에 향기로웠을까.

조개의 입

내 입이 열리는 날
미소 감춘 창백한 너의 얼굴을
말하고 싶었다. 우리가 사랑한다고 했던 날
좀처럼 잊히지 않아서

너를 말하는 듯이 내 주위를 도는 나방들,
벗은 몸, 땀에 찌든 때를 먹기 위하여
너는 무엇을 위하여 나의 서러운 얘기를
말하게 하는가

조개 잡던 할미의 조개는 입을 다물고
말하고 싶지만, 껍데기가 열리면 죽는다고
여태까지 나는 조개였구나! 조개는 죽고
말하고 싶었다. 말을 들어 주는 사람은 없고

말하고 싶은 사람은 많은데
그러나 영원히 조개일 수는 없었으며
열리지 않는 조개의 입
충격을 즐기는 말들이 입맛을 다신다.

가을밤

달빛이 푸른 가을밤이 차갑습니다
나뭇가지 사이사이로 붉은 낙엽이
밤바람이 키욱키욱 울고 있는 밤
세상은 비어 있고 어두워, 별을 들고
가을밤을 걸어서 내 방으로 갑니다
지난여름, 바다에서 사랑했던 소녀
이별 노래 부르니 달빛이 떠납니다.

가을 밤바다

여름 축제가 끝난 해변에서
푸르던 물살 금빛 모래들
가을 바다가 부드럽게 쓰다듬고
길을 가던 달이 바다 위에 머문다
서늘한 바람, 가슴 열어젖히면
아직도 취한 별들의 붉은 얼굴
횟집, 두 연인 턱을 괴고 앉을 때
물고기가 창문에 노래 부른다
가로등 맴돌던 가을 나방 외로워
밤바다에서 함께 술에 취하면서
텐트에서 잠을 자면, 가을 아침에
잘려 나갈 들국화가 고개를 숙인다.

프랑스 여자

프랑스 여자는 코냑을 좋아한다
코냑을 마시게 해 준 남자와 사랑하다 헤어지고
헤어지기를 수없이 반복하여 정신이 몽롱하다

코냑은 금세 취했다가 금세 사라지는 사랑이다
오래된 코냑, 프랑스 여자의 마음처럼 부드러운가
센강을 오가는 유람선에 대낮부터 취한 사람들,

프랑스 땅에 발 딛는 순간 프랑스 여자다
사랑하고 싶은 사람이라면 프랑스에 가야 하리라
왕비는 호화로운 식당에서 코냑을 마셨으리라

왕비는 준엄하고 존경받는 귀족인데 다르지 않았다
여자의 속셈은 알 수가 없다 왕비도 모른다
그들은 코냑에 취한 채 하늘로 도망가고 있었다.

혼자만의 외출

썰물과 밀물이 인생 같던 경포대 앞바다
서른다섯일 때 나 홀로 외출할 수 있었다
그 자유스럽던 날, 호텔 식당에 갔을 때

탁 트인 시야, 바다를 가린 여자가 있었다
머리를 움켜쥐고 몸서리치는 파도 같았다
호텔 주인이라며 귓속말했던 직원은 사라졌다

장미를 든 남자의 해변엔 발자국도 사라졌고
바다가 기울고 태양도 기울던 석양이었다
알몸 드러낸 썰물의 바다가 외로웠을 것

창문 두드리는 소나기, 여자가 일어설 때
탁자를 적신 위험한 여자, 장미 남자가 왔다

노란 봉투를 여자 앞에 놓고 밖으로 나설 때

호텔을 나섰고 소주를 마셨던 해변 횟집이
그리웠다. 혼자만의 외출이 자유스러워서
비밀스럽게 꿈꾸다 경포대 해변을 걷고 있다.

여자를 자유롭게 하라

그대는, 여자 마음을 헤아리지 않는구나
바쁘지 않은데도 침대가 지저분하구나

그대의 여인이 외출해도 관심 없고 미소가 짙다
그대는 헤아릴 수 없이 여자를 사랑했었다

세상은 여자가 사는 곳, 자유롭지 못한 남자
그대는 여자 마음을 흩트렸으니, 못난 남자

욕심이 문제 아니다. 여자를 너무 좋아한다
그대의 여자는 딴 남자가 좋아서 즐거워한다

그대는 떠나지 말라! 갈 곳이 없지 않나!
자비로운 마음으로 여자를 자유롭게 하라!.

제4부 빈 술잔의 날개

슬퍼하지 마

행복은 보이는 것이 아니야
비가 내려도 우울해할 필요는 없어
비가 그치면 꽃밭으로 가 봐
눈물 닦지 않아도 태양이 뜨거워
어떤 날은 슬프겠지만 머물지 않잖아
지금 행복하다고 생각을 해 봐
불행은 누구에게나 있는 것이지만
영원한 것은 이 세상에 없는 거야
웃는다고 해서 즐겁지는 않아
야구 경기장에서 환호하는 사람들
때로는 침묵하지만 슬퍼하지 않아
눈을 크게 뜨고 하늘을 봐
홀로 날고 있는 솔개는 외로운 걸까
행복과 불행이 인생은 아닐 거야
슬퍼하지 말고 사랑을 생각해 봐.

가을이던가

창문을 들여다보니 모두 떠났구나
밖으로 나가니 바람에 날리는
가을이던가, 한참 동안 하늘을 보았네
숨이 막힐 듯 허전했는데
이미 지나간 계절이라 생각하다가
슬며시 밝아 오는 이른 아침이었구나
그 누가 나를 밖으로 나오게 했을까
가슴이 뚫리고 나뭇잎이 떨어지고.

꽃 피는 마을

꽃 피는 마을은 사랑하는 사람이 있는 곳, 꽃향기가 뭉쳐
바람에 흩어지지 않는 아름다운 마을

바다 위 구름을 오르고, 당신이 보고 싶은 하늘을 날면서
사랑하는 당신 마을에 나를 두고 왔습니다

파도가 몸부림치는 입술에 내 입술을 가까이하고 싶은
내가 당신 곁에 있는 줄은 아실는지요

내가 되돌아올 때까지 꽃이 수줍게 피어 있는 곳에서
당신이 나를 기다려 주신다면 행복입니다

내가 떠나도 걱정이 없는 것은 당신은 꽃 피는 마을에서
태어났으므로 떠나지 않을 것 같습니다.

파란 장미

그대는 때가 되면 활짝 핀 파란 장미
그대 곁을 지나가면 가슴이 뛰는 건
내 눈엔 그대가 청년으로 보였다오

멋진 미남 청년이었지요. 말없이 건강한
견딜 수 없는 수많은 밤을 보내다
결국 그대 앞에 서고 말았지만

꽃 한 송이 꺾어 내 가슴에 심고 싶어
떨리는 손으로 파란 꽃을 꺾어
내 가슴 붉은 피 속으로 곱게 심었지요

남은 두 송이 바람에 고개를 떨굴 때
나는 기쁜 나머지 치마가 펄럭일 정도로
하늘을 오르듯 땅에서 힘껏 뛰었지요

그것이 나와 세상의 끝이었던 것을……
내 몸은 내려오지 않고 하늘로, 하늘로
오르기만 하는 파란 장미이지요.

백 번의 가을

백 번의 가을이 지난다면
내 몸이 붉어 있을 줄 모르지만
단풍잎이 거리를 뒹굴다 골목에서 막힌다
몸을 이끌고 나와 사람들과 서 있을 때
마지막 눈물처럼, 삼켜졌다가 튀어나온다

문밖에서 기다리다 뒤돌아서는 가을 남자
창문이 밝아도 그녀 모습 보이지 않았다
올가을에도 사랑은 없는 것
포장마차 여주인의 부산스러운 손길
마셔도, 마셔도 취하지 않은 인생의 술
파란 탁자에 낙엽처럼 쌓여만 가고 있다.

빈 술잔의 날개

해빙기의 강에 동이 트면 안개가 짙었다

새들이 잠들었는지 새벽녘이 고요하다
더듬거리는 새들의 입술이 열리면
강을 노래하는 새들 날개를 펼칠 것이다

나뭇가지 거미줄엔 찬 이슬이 떨어지고
동녘 하늘 밝아 오니 꽃은 피었는데,

눈꽃이 바람에 휩쓸려 가던 지난 겨울밤
안방술집, 지폐 뭉텅이가 흩어지고 있었다
1억이 넘는 거대한 샴페인에 환호하면서

집 잃은 새 한 마리 들어설 수 없었지만
나의 빈 술잔엔 새들의 날개가 비치었다

샴페인 터지는 소리 포말처럼 치솟던 순간
내밀던 나의 빈 술잔에 채우고 싶었던 가무歌舞
날 선 지폐가 빈 술잔의 날개를 자르고 있다.

당신이 부르던 노래

당신이 부르던 하얀 찬송은
떠나지 않네, 떠날 수 없다네
달빛 속에서 꽃을 심으면
아픔과 슬픔은 떠났는데
가슴에 새겨진 당신의 얼굴은
지워야 하는데 지워지지 않네

우리 함께 떠나야 했지만, 당신이
돌아온다면 태워야 할 꽃잎들
우리 다시 사랑을 소망하네
달의 집에 살면서 별을 보면
달빛이 강물에 비추는 하늘이네
당신과 함께 부르던 찬송이네.

푸르고, 푸른 가을

새파란 나뭇잎에 가을이 지나고 있다

붉은 수영복을 사랑했던 날들과 함께

엉킨 삶이 없었다면 나뭇잎은 푸르고

이 가을이 지난다 해도 하늘은 푸르고

당신의 가을은 어디쯤에서 헤매일까

헤매이고 헤매이다 드러눕는 낙엽 될까

오늘도 나뭇잎은 그날을 기다리고 있다.

오이꽃 울던 밤

오이꽃 피고
작은 오이 거칠게 자랍니다

담장 길옆 지나는 노인 한 분
바람에 묻어 가느다랗게 향 날리는데

할미 모시옷 젖어 든 오이 향
주름진 얼굴 거친 입씨름

풀잎 위에 조심스레 앉았다, 드러누워
할배 하늘을 보시는지요?
밥은, 사각대던 오이무침 좋았는데

동네 여인 하나, 오이무침 갖다 놓고
오이 향 풍기며 별처럼 사라져
밤새 오이꽃 울던 밤.

가을바람

뜨거운 햇살이 푸른 잎을 비춘다

청춘이 비껴간 그녀의 오후처럼

거추장스러운 살결을 감추면서

한 번도 이별해 보지 못한 쓸쓸함

얼마든지 사랑할 수 있을 것인데

쉬지 않고 지나치는 가을바람이다.

여인의 거울

지평선 넘는 태양의 그림자 밟고
집으로 향하는 여인, 마중 나온 거울
거울 앞에 서서 미소를 지으면
고독이 변치 않는 연민이여!

기대했던 거울 속 모습, 아직 젊다
실비단처럼 주름이 없는 것은
그리움에 미소를 지을 수 있었지
때론, 부풀어 오른 여인의 가슴

애절한 지난날 아쉬움 있어도
끓는 가슴을 들여다보면
이별은 없었고 사랑은 모른다
쌓여 가는 세월을 태워 버렸으면.

그녀의 가을

가슴에 찬 응어리 감당할 수 없어
낙엽 쌓인 가을에 발길 옮긴다
단풍나무에 기대니 곁가지 되고
단절된 문을 열고 마음을 내보인다
하얀 살결에서 향기로운 장미꽃은
시들고, 조각조각 흩어지고 있다

술 익듯 낙엽 향 그녀 가슴에 차오르면
숲속으로, 숲속으로 미로를 걷는다
낙엽이 흙이 되어 버리면 그녀의 가을인가
가을이 오면 외로워서 응고된 피멍울
옷옷 벗어 던지니 젖가슴이 타고 있다.

하늘을 보는 것이 편하다

거울 한 조각을 가슴 한편에 묻어 두고
매일매일 다른 모습을 본다. 마음을 본다
누군가 오늘도 떠나 버렸을 터인데
그 빈자리가 안타까워 거울 속 그리움은
아른아른 사라져 가는 보고 싶음에

가슴에 묻어 둔 거울을 들여다보면
고개를 들고 하늘을 보는 것이 마음 편하다
가슴속 거울엔 내가 아닌 네가 서 있다
때론 낯선 얼굴을 하며 거울에 나타나기도 하고
보고 싶은 얼굴은 언제나 거울 속에 비칠까.

가을이 있는 마을

가을이 있는 마을은 내 사랑이 있는 곳입니다
그곳에 가면 들국화가 홀로인 채 서 있습니다

집을 떠난 나는 자작나무 동구 밖에 머물면서
사랑하는 당신을 기다리고 있습니다

되돌아가고 싶은 마을은 그리움이 쌓이고
우리나라 남해에 가고 싶었습니다

파도에 앉아 있는 가을은 내가 태어난 곳이어서
황혼의 구름이 떠나는 가을이 있는 마을입니다

달의 집

바다가 감나무 사이로 보이는 언덕 위 달의 집
기억할 수 없는 날부터 달은 바다를 보고 있다
어느날 늙은 여자가 왔지만 지워졌고
갈매기 한 마리 말없이 바다를 날면서

달의 집 언덕까지 왔다가 파도처럼 되돌아간다
촛불이 노란 방 안에서 음악이 울고 있다
달은 별처럼 달의 집 감나무에 걸터앉아
지나 버렸던 서러운 음악 소리 듣고 있다

인기척 느낀 남자가 방문 열었을 때, 달이
감나무에서 남자를 바라보면 남자는 달을 본다
파도가 주름진 잔물결같이 오고 가고
남자가 마루 구석진 곳에 초록색 술병을 꺼내고

커다란 맥주잔에 따르니 겨우 목에 걸친다
천사는 고요히 모든 영혼들을 받아들이고
빈 맥주잔이 방바닥에서 쓰러지고
달 떠난 바다는 어두워졌는데 집을 나서는 남자.

음악은 모두를 감춘다

행복하려 한 적은 없었고 즐거워하려고도 않았지만
음악 소리만 눈앞에 있고 사랑할 것이 없었던 것도
사랑하던 여인에게 버려졌던 것도 아닌, 버렸다고
말했을지 모르겠지만 말할 수 있는 사람은 없구나

사는 것이 무슨 의미가 있겠냐고, 때가 되면 떠난다
미워할 것이 없어서 사랑하지 못한 사람이라고 한다
위로해 준 것은 음악이었으며 울 수 없는 사람이라고
한 번만 내 가슴을 들여다보시지요! 외면하는 얼굴들.

네가 꽃이기에 향기로웠다

너에게 꽃이 아니라고 말한 적은 없었다
내가 꽃이라고 말한 적도 없었다

내 꽃은 곱고 네 꽃은 맘에 들지 않는다 말자
꽃을 심는 마음이면 꽃은 피어 있을 것이지만

꽃이기에 꽃 피었으며 네가 꽃이므로 사랑했었다
감추고 싶은 것이 많았지만 네가 알고 있었기에

꽃이 핀 그때 떠나고 싶었는데 네가 붙들었다
떠나야 한다고 생각했을 때 꽃은 시들어 버렸다

내가 꽃향기를 흩어 버렸어도 너는 웃고 있었다
꽃의 뿌리는 남았고 네가 꽃이기에 향기로웠다.

내 손 닿지 않는 곳

낙엽을 하늘로 날려 보냅니다
낙엽 한 잎 하늘에서 나비처럼 날고
또 다른 낙엽 한 잎 떨어지는데
낙엽을 안고 석양 향해 날아갑니다
하늘을 날던 낙엽 한 잎
나에게 다가오는 것 같아

두 손 내밀었지만
하늘에서 떨어지지 않습니다
빨간 낙엽 한 잎, 눈이 시리도록
내 가슴 향해 떨어지고
손 내밀지 않아도 땅에 떨어지면
누군가 함께 사라지고 맙니다
서쪽 하늘 석양이 붉기만 합니다.

석류꽃 사랑

우리가 사랑할 때
영원이라는 말은 하지 않았어도
영원히 사랑할 수 있었을 것이다

붉은 석류가 익는 가을까지만이라도
세상에 하나뿐인 사랑 했을 것을
어찌하여 우리는 헤어져야 했을까

나를 달랬던 것은 이별이란 노래였다
그랬다, 우리는 이별해야 했다
너는 별이 되었고 나는 슬픈 눈물을 흘렸다

세월은 흘렀으나 너를 잊지 못하여
밤이면 별을 보다가 고개를 숙이곤 했다
우리가 사랑하면 하늘에 꽃이 필 것이다.

가로수에

가로수에 기도들이 걸려 있다
감사와 희망 두 개를 기도한다
먼지 묻은 나뭇잎도 기도하며

내가 거룩하게 살지 못했으므로
다시 태어나게 해 주신다면
깨달음의 사람으로 살면서

몸을 건강하게 만들어 심장을
죽어 가는 사람에게 줄 수 있을 때
하늘에 무릎을 꿇고 기도할 것이다.

파랑 나비

파랑 나비들이 풀잎에 앉았다
인기척을 느끼고 날갯짓하고 있다
뒤쫓아 가면 손에 닿을 듯하였으나
나비들은 높이 날아가고 있었다
들꽃 피어 있는 연못을 지나
파란 꽃 네 잎이 나비처럼 보이는
주위에 파란 꽃이 너무 많아서
손을 거두고 붉은 꽃을 보았다
파랑 나비를 생각하면서
파랑새는 보았지만 나비는 처음 보아
파란 들꽃 앞에 오랜 시간 있었다.

두려운 기억

그는 이곳에서 허겁지겁 도망가려고 했었다
두려운 기억이 초조해 떠나려고도 했었다
해 질 무렵 다리 난간 붙잡고 망설이고 있었다

그는, 떠나는 것에 익숙하지 않았고 불안했다

멍울진 꽃 감추려고 두리번거리며 검은 얼굴인 척,
어느 날, 그가 하얀 천을 두르고 있었을 때도
하얀 천이 살아 있는 듯 부들부들 떨리고 있었다

회색 나뭇잎은 아직 다 떨어지지도 않았는데
국화 꽃잎만 그의 앞에 향기롭게 쌓여 있었다
드디어 천국에 왔다며 천사를 찾고 있었지만

기어이 지난 모두를 하나씩 기억해 내고 있었다.

화려한 무대

내가 작은 별로 태어나기 전
손기정 님은 가장 높은 무대에 올라섰고
일장기를 떼었는데 할 말을 잊었나 보다

달이 흔들리던 강을 따라 올라가고 있을 때
세리 님은 명예의 전당에 KOREA를 빛냈다
화려한 무대에 KOREA는 셀 수 없이 많다

흥민 선수는 장난감 공을 다루듯 무대에 있다
우리는 KOREA를 그리워하지 않아도 된다
KOREA가 우리들 곁으로, 세계 속으로
화려한 이름을 당당하게 펼치고 있지 않은가

너무 유명해져도 그다지 좋지 않다
KOREA가 그립지 않아도 그다지 좋지 않다
우주 속으로 파고들기까지는
우리가 KOREA를 그리워하면 승리의 함성들

화려한 무대의 푸른 등불을 간직해야 한다
오래전부터 KOREA라는 뉴스를 듣는다

팬데믹이지만 가장 우수한 MADE IN KOREA

매운 음식 즐기는 외국인들 순두부에 중독됐다.

숭고하고 아름다운 사랑과 그리움의 서정

유성호(문학평론가, 한양대학교 교수)

1. 오랫동안 침잠해 있는 매혹적 순간의 발견

서정시는 시인 자신이 살아온 삶에 대한 선명한 기억과 진솔한 고백 그리고 이를 통한 자기 확인에서 발원하는 언어예술 양식이라고 할 수 있다. 비록 그것이 어떤 대상을 전제로 한 타자 지향의 발화라 할지라도 그것은 언제나 시인 스스로의 자기 확인을 향하게 된다. 따라서 서정시는 시인 자신이 오랫동안 겪은 절실한 경험 가운데 선명하게 떠오르는 기억의 내용을 함축하게 마련이다. 그리고 그 과정은 시인의 삶에 대한 간절하고도 매혹적인 회상에서 가능하게 된다. 김종석 시인이 보여 주는 회상 내용은 한결같이 어떤 대상에 대한 사랑의 마음이 바탕에 흐르고 있는데, 그 사랑의 마음이야말로 '시인 김종석'을 구성하고 있는 가장 강렬한 내질內質이요 원천이라고 할 수 있다. 그의 네 번째 시집 『행복하지 말고, 불행하지 말고, 웃으라고』는 이러한 각별한 회상과 새로운 삶에 대한 다짐으로 관철된 진정성 있는 실존적 고백록이라고 할 수 있을 것이다.

김종석 시인은 우리가 무심히 지나칠 법한 지나온 순간을 되살려 거기에 잠들어 있는 기억의 심층을 찾아간다. 그 순간을 다시금 바라보면서 자신의 상처에 들어앉아 있는 잠재적 힘의 가능성에 대해 주목한다. 이번 시집이 부재와 결핍이라는 아픈 이야기를 많이 담고 있으면서도 시인으로 하여금 사랑의 마음을 잃지 않게끔 하는 까닭도 그러한 가능성에서 찾아질 것이다. 어쨌든 김종석 시인은 우리의 삶을 끌고 가는 사랑의 힘에 대해 줄기차게 노래하면서 이성적 합리성으로는 도대체 설명되지 않는 상처나 운명에 대해 우리에게 말을 건넨다. 이때 그의 시가 포착하는 것은 사랑의 대상과 함께 나눈 기억들, 자신의 내면이 그것을 긴밀하게 받아들인 감각에 기울어져 있다. 이처럼 김종석 시인은 오랫동안 침잠해 있던 순간들을 발견하면서 그 안에 불가피하게 몸을 드러내는 순간을 시적으로 인화해 내고 있다. 이때 시인의 시선은 사랑하는 대상은 물론, 모든 목숨 있는 존재자들의 삶을 겨냥한다.

한 걸음 더 나아가 김종석의 시는 인간과 인간 혹은 인간과 사물 사이의 관계를 넘어 일종의 '우주적 연민(cosmic pity)'으로 팽창하는 원동력을 그 안에 품고 있다. 그래서 시인은 구체적 사물을 통해 삶의 순간적 체험 양상을 파악하고 그 사물을 향한 우주적 연민에 은은하게 참여한다. 자신을 둘러싼 존재자들을 향한 감각의 파장을 깊은 시적 원천으로 삼아 가는 것이다. 그렇게 김종석 시의 사물은 전혀 다른 상상적 거소居所를 만들어 내면서도 지상에서 살아가는 이들의 존재 방식을 증언하고 나아가 가장 궁극적인 존재에 대한 환기의 모티프들을 만들어 낸다. 이때 생겨나는 고유한 감각은 삶이 가지는 관성에 정서적 충격을 순간적으로 선사함으로써 우리에게 성찰적 시선을 마련해 주게 된다. 이것이 바로 김종석 시의 절실한 존재 의의가 아닐까 생각해 본다. 그만큼 김종석의 시는 적지 않은 충격과 성찰 과정에 충실하게 바쳐지면서 우리로 하여금 근원적 차원을 상상하게끔 해 주는 세계이다. 이제 그 안으로 천천히 한 걸음씩 들어가 보도록 하자.

2. 사랑의 결여 형식에 대한 속 깊은 증언

김종석의 시는 재귀再歸의 원리를 통해 이른바 역진逆進의 기억을 향해 가는 특성을 지닌다. 아닌 게 아니라 그의 시는 기억과 현실을 통합하여 시인 자신이 대상을 통해 겪어 가는 순간적 경험에 깊은 관심을 가진다. 거기서 비롯되는 시인 자신의 정서적 반응에 직접적 자기 근거를 마련해 가는 것이다. 이때 시인은 대상으로부터 초월하지 않고 삶의 순간적 파악을 통해 그 대상에 개입해 간다. 존재론적 결핍을 기억의 원리에 의해서 견디고 그것을 심화해 가는 시인의 감각은 이때 빛을 발한다. 그 현상으로 나타나는 것은 사랑하는 대상인 그만의 2인칭에 대한 빈번한 호명일 것이다. 그리고 짐작하건대 '당신'이라는 존재는 그의 삶을 가능하게 했던 어떤 원형일 것이고, 지금도 그의 가장 중요한 존재 조건 가운데 하나라고 할 수 있을 것이다. 그렇게 시인은 그러한 '당신'의 절실함을 줄곧 노래하면서, 사랑의 결여 형식을 속 깊이 증언하고 그것을 영속화하는 데 무게중심을 할애하고 있다. 그리고 그 영속화된 결핍의 상태를 견뎌 내면서 그것을 상상적으로 넘어서고 있다고 할 수 있을 것이다. 다음 작품을 먼저 읽어 보자.

> 당신은 홀연히 안개 속으로 떠났습니다
> 가슴에 새겨진 당신의 얼굴을
> 지우려고, 파도가 다가섭니다
> 당신이 손을 흔들던 안개 낀 부둣가에서
> 뱃고동 소리는 울지 말았어야 했는데
> 한 송이 꽃이 되어 바다에서 떠돌다가
> 파도에 밀려 모래사장의 여름은 가고
> 바람에 한 잎 두 잎 낙엽이 되어 날다가
> 하얀 눈꽃이 된 당신은 뭉게구름입니다.
>
> ―「안개 낀 부둣가에서」 전문

홀연히 안개 속으로 떠나간 '당신'은 시인의 가슴에 얼굴을 새기고 사라져 갔다. 이때 '안개'라는 자연 사물은 흐릿하게 사물을 감싸면서 존재하는 순간적이고 불투명한 배경일 것이다. 시인은 당신의 얼굴을 지우려고 노력하지만, 부둣가에서는 파도만이 그에게 다가설 뿐이다. 그렇게 "당신이 손을 흔들던 안개 낀 부둣가"는 이별의 현장이 되고 "뱃고동 소리"와 "뭉게구름"은 모두 한 송이 꽃이 되어 바다에서 떠돌다가 파도에 밀려 사라져 버린 사랑의 순간과 연관되는 이미지라고 할 수 있다. 그렇게 여름에는 모래사장으로, 가을에는 낙엽으로, 겨울에는 하얀 눈꽃으로 각인된 '당신'의 모습은, 비록 사라졌지만 그 자체로 완전히 없어지는 것은 아니다. 김종석 시인이 아스라하게 불러 보는 '당신'이라는 2인칭은 이처럼 아프고도 선명하게 시인의 삶에 남아 있는 것일 터이다. 다음은 어떠한가.

　　강가의 들꽃은 얼마나 야무진지요

　　아무리 강한 태풍에도

　　꽃잎 하나 떨어지지 않지요

　　사랑한 당신 마음속으로 그려봅니다

　　세월이 많이 흘렀어도

　　한순간 당신을 잊은 적 없지요

　　당신이 오고 싶으면 언제든 오시고

　　싫증이 나면 가셔도 괜찮습니다

　　징검다리 앞에 서면

망설이고 있는 모습이 아름다웠어요

당신을 업어서 강물 건네줄까 하다가

손을 잡고 징검다리 건너는 것이

이렇게 신비스러울 수 있을까요

당신은 하고 싶은 얘기가 많겠지요

새 울음소리처럼 고왔던 목소리.

          —「징검다리」전문

    이 작품에서도 2인칭 '당신'은 어디론가 떠나 버린 존재자이다. 강한 태풍에도 꽃잎 하나 떨어뜨리지 않았던 야무진 "강가의 들꽃"은 '당신'을 떠나보내고도 흐트러짐 없이 생을 끌어 가는 시인의 모습을 간접적으로 투영하고 있다. 한순간도 잊은 적 없이 마음속으로 그려 볼 뿐인 '당신'은 언제나 시인의 마음속으로 오고 싶으면 왔다가 가고 싶으면 떠나가는 그런 존재로 각인되고 있다. 언젠가 강에 놓인 '징검다리'에서 망설이던 '당신' 모습을 아름답게 기억하면서, 시인은 손을 잡고 징검다리 건너는 것의 신비스러움을 느낀다. 그렇게 "새 울음소리처럼 고왔던 목소리"가 들려줄 많은 이야기에 시인은 앞으로도 귀 기울여 갈 것이다. 그때 '당신'은 떠나 사라져 버린 것이 아니라, 이곳에 항구적으로 남아 시인에게 말을 건네는 존재로 서서히 몸을 바꿀 것이다.

    원천적으로 서정시의 사유는 '나-너(ich-du)'의 상호 관계를 바탕으로 펼쳐지게 마련이다. 다시 말하면 주체인 '나'가 대상인 '너'와 맺고 있는 관계 양상이 서정시의 주된 내

용이 되는 것이다. 하지만 이처럼 타자를 향해 아득하게 퍼져 갔던 서정시의 에너지는 불가피하게 시인 자신을 향해 귀환하게 된다. 타자를 향해 아득하게 나아갔다가 자신으로 돌아오는 회로야말로 서정시가 가지는 고유한 자기 탐구의 원리를 이루는 것이다. 김종석의 시는 '시詩'를 매개로 하여 타자를 향해 나아갔다가 자신을 향해 돌아오는 구조를 취하고 있는데, 그래서 우리가 이번 시집에서 발견하게 되는 제일의 음역音域도 '시'를 통한 '당신'에 대한 남다른 기억에 있다 할 것이다. 사랑의 결여 형식에 대한 속 깊은 증언을 들려주는 김종석의 이번 시집이 처연한 비애를 담고 있으면서도 환한 목소리를 동시에 띠고 있는 것도 이러한 까닭에서일 것이다.

3. 온정과 격정을 교직하는 '사랑의 시인'

말할 것도 없이, 서정시에서 '사랑'이란 역동적 이미지를 띨 때도 있고, 처연한 가라앉음의 정서로 나타날 때도 있다. 그때는 매우 복합적인 정서에 의해 서정시의 흐름이 결정되게 마련이다. 김종석 시인이 견지한 감각은, 욕망을 비워 내는 방식으로 사랑을 새기는 역설逆說의 방법으로 나타날 경우가 많다. 말하자면 격정으로서의 사랑 못지않게 스스로 비움으로써 완성되는 사랑이 그가 꿈꾸는 높은 차원의 사랑인 셈이다. 물론 사랑이나 그리움은 정서의 영역에서 발생하는 것이지만 그 나름의 고유한 행위를 통해 자신을 구체화하는 특성을 지닌다. 그 점에서 김종석의 시는 따뜻한 온정과 질풍노도에 가까운 격정을 호혜적으로 교직하면서 펼쳐진다고 할 수 있을 것이다. 그는 자신의 그리움에 대해 때로는 차분한 온정으로 때로는 불잉걸처럼 타오르는 격정으로 노래해 가니까 말이다. 그렇게 김종석 시인은 또 다른 차원에서 '사랑의 시인'으로 등극하고 있다. 다음 두 편의 작품을 차례대로 읽어 보도록 하자.

꿈결에 스쳤던 하얀 얼굴은 아니었어

바람에 날리던 검은 머리도 아니었어

산허리가 부서지는 장마가 왔던 날이었지

강물이 넘치던 날 뒷걸음치던 너의 모습,

네 등을 가볍게 안았을 땐, 넘어질 듯했어

너는 내 얼굴을 보면서 놀라지 않더구나

너는 몰랐을 거야 네 뒤에 내가 있던 것을.

　　　　　　　　　　　　　　　　—「사랑은」 전문

우리가 아름답게 사랑을 할 수 있을 때면

강물이 흐르면서 석양은 붉어 가고

용광로 같은 우리의 가슴은 불탄다

하늘이 타는 모습 보이지 않아도

너울너울 춤추는 여인 볼 수 없어도

춤이 익는 마지막일 때 불타는 것이다

약속과 믿음의 영혼이 불타고 있다

바다가 불타고 세상이 불타는 가을같이

불타는 세상에 살면 별이 타고 달이 탄다.

　　　　　　　　　　—「세상이 불탄다」 전문

　김종석 시인에게 '사랑'이란 누군가의 뒤에 그저 존재하
는 것으로도 충분히 설명된다. 따라서 그것은 "꿈결에 스쳤
던 하얀 얼굴"이나 "바람에 날리던 검은 머리" 같은 강렬한
이미지를 가져야 할 필요가 없으며, 산허리가 부서질 정도
로 장맛비가 쏟아져 물이 넘칠 때 뒷걸음치던 '너'의 등을 가
볍게 안았던 것이면 족하다. 그러니 사랑이란 "네 뒤에 내
가 있던 것"으로써 완성되는 그 무엇인 셈이다. 이때 우리
는 사랑이라는 것이 움직여 다가가는 것이 아니라 그저 존
재함으로써 완성되어 가는 숭고한 '있음'의 행위라고 말할
수 있을 것이다. 그런가 하면 세상이 불타는 장면을 상상하
고 있는 시인은 비로소 "우리가 아름답게 사랑을 할 수 있
을" 것이라고 노래한다. 강물이 흐르며 석양은 붉어 가듯이
우리의 가슴도 용광로처럼 불타게 되는데, 그때 세상이 불

타고 우리가 나누었던 "약속과 믿음의 영혼"도 함께 불탄다고 시인은 노래한다. 그렇게 "바다가 불타고 세상이 불타는 가을"에 시인은 모든 천체가 함께 타는 사랑의 열도를 생각해 보는 것이다. 이래저래 김종석은 '사랑'을 핵심적으로 노래하는 시인이다.

사랑의 마음을 담은 '연시戀詩'는 근본적으로 사랑의 결여 상태에서 시작된다. 이때 사랑은 시인 자신의 통합성(integrity)을 유지하는 존재 조건이 된다. 그래서 그것은, 심리학자 프롬(E. Fromm)이 말했듯이, "둘이 하나가 되면서도 여전히 둘인 상태로 남아 있는 것"이 된다. 이때 사랑이란, 단테Dante 『신곡神曲』에서 처음으로 베아트리체를 보았을 때 "나의 삶은 새로워졌다"라고 말하는 경이로운 순간과 같은 존재 전환의 에너지로 작용하게 된다. 김종석 시인이 노래한 연시들은 이러한 사랑의 에너지를 순도 높게 보여 줌으로써 사랑이야말로 '온정'과 '격정'의 두 가지 속성을 가지고 있음을 강렬하게 보여 준다. 그리고 사랑이라는 것이 인간 존재를 가능하게 하는 제일의 존재 조건임을 알려 준다. 그리고 그의 시에서 기억이라는 운동은 서정시가 구현하는 시간예술적 속성을 한껏 충족하면서 인간의 가장 깊고 오래된 근원을 유추하게끔 하는 유력한 형질로도 기능하게 된다. 그만큼 기억은 그의 시가 사랑을 노래할 때 핵심적인 기율 노릇을 한다. 남다른 기억을 통해 자신을 가능하게 한 어떤 근원을 사유하는 시인은 '사랑'을 통해 구체적인 감각과 사유를 생성해 가는 것이다. 결국 김종석은 온정과 격정을 교직하는 '사랑의 시인'인 셈이다.

4. 깨끗한 허무에 실린 진정성 있는 세계 해석

어떤 운명적인 순간을 포착하여 그것을 오래된 기억으로 치환해 내는 것은 서정시라는 오랜 양식이 수행해 온 작법作法 가운데 하나이다. 이는 현실적 시간을 훌쩍 초월하여 자신이 고유하게 체험한 시간으로 귀환하려는 의지가 반영된 소중한 결과이기도 할 것이다. 서로 떨어져 있던 사물과 사물 사이에 어떤 연관성이 놓일 수 있는 것도 이러한 기억의 작용이 펼쳐지기 때문이다. 이처럼 김종석 시인은 지나온 시간에 대한 소중한 기억을 통해 저편으로 건너간 시간을 상상의 파동으로 복원하면서 소멸 혹은 비움에 대한 의지를 통해 존재의 완전성을 희구하는 신생의 감각을 보여 주고 있다. 그때 우리는 깨끗한 허무에 실린 시인의 진정성 있는 세계 해석에 동참하게 된다. 다음 작품들은 그러한 세계를 선연하게 보여 주는 실례들이 아닐까 한다.

낙엽을 하늘로 날려 보냅니다
낙엽 한 잎 하늘에서 나비처럼 날고
또 다른 낙엽 한 잎 떨어지는데
낙엽을 안고 석양 향해 날아갑니다
하늘을 날던 낙엽 한 잎

나에게 다가오는 것 같아

두 손 내밀었지만
하늘에서 떨어지지 않습니다
빨간 낙엽 한 잎, 눈이 시리도록
내 가슴 향해 떨어지고
손 내밀지 않아도 땅에 떨어지면
누군가 함께 사라지고 맙니다
서쪽 하늘 석양이 붉기만 합니다.

      —「내 손 닿지 않는 곳」 전문

불처럼 타오르던 낙엽의 재만 남기고
태양은 가슴을 태우며 사라져 가네

어찌도 그리 빨리 타오를까
비어 있는 가슴을 무엇으로 채우려는지

타는 가슴이 태양처럼 붉고 붉어
태울 것 없는 빈자리 커지기만 하네.

      —「내 가슴 마른 잎 되어」 전문

 앞의 작품에서 시인은 손이 닿지 않는 곳까지 낙엽을 날
려 보내고자 한다. 하늘로 날려 보낸 낙엽 한 잎이 하늘에서
나비처럼 날다가 떨어질 때, 시인은 낙엽을 안고 석양을 향

해 날아가고자 한다. 상상 속에서 하늘을 날던 마음이 낙엽한 잎과 만나 이루어 내는 "낙엽 한 잎, 눈이 시리도록/ 내 가슴 향해" 떨어지는 순간이야말로 손이 닿지 않는 숭고한 영역일 수밖에 없을 것이다. 이제 손을 내밀지 않아도 땅에 떨어져 사라지고 마는 낙엽의 행로를 따라 시인은 붉은 "서쪽 하늘 석양"에 자신의 마음을 투영하고 있다. 서쪽이라는 일몰의 공간을 향하여 시인은 소멸 혹은 비움에 대한 의지를 보여 주면서, 그 과정을 통해 존재의 완전성을 희구하는 신생의 감각을 보여 주고 있는 것이다. 뒤의 작품에서도 시인은 낙엽이라는 소멸 직전의 자연 사물을 다시 호출한다. 이 작품은 스스로의 가슴이 마른 잎이 되어 부르는 노래이기도 한데, 한때 '불'이었던 잎은 '재'가 되어 소멸해 가는 양상을 통해 자신의 실존을 구가하는 것이다. '태양'도 가슴을 태우며 사라져 갈 때, 그것을 바라보는 시인의 가슴도 비어 있어 "태울 것 없는 빈자리"가 얼마나 큰지를 시인은 절감하게 된다. 그야말로 우리는 김종석 시인의 깨끗한 허무에 실린 진정성을 만나면서 세계 해석의 처연함에 몸을 담그게 되는 것이다.

이처럼 김종석 시인은 삶과 죽음, 생성과 소멸이라는 분명한 사건을 통해 우리의 존재 양식을 구성하는 원리들 사이의 경계를 해체하고 재구성한다. 그 시선은 어떤 이원론적 구분법에 대한 저항의 가능성을 보여 주는 것이면서 동시에 우리의 비극적 삶에 숨쉴 틈을 내는 신생의 작업을 드러내는 것이기도 하다. 이러한 작업을 통해 시인은 경계를 지워 가는 감각의 전환 과정을 풍부하게 보여 준다. 우리는 우리가 지각할 수 있는 어떤 것도 깨끗한 허무의 시선을 통하지 않고는 경험할 수 없게 되는 것이다. 그 과정에서 빈번하게 나타나는 키워드가 흔적이나 상처와 관련된 이미지들일 것인데, 시인은 서정시가 시간의 축적과 그것의 순간적 응축 속에서 가능하다는 데 흔쾌하게 동의하면서 자신이 지나온 시간의 마디를 되살리며 행간마다 은폐되어 있는 흔적들을 정성스럽게 재구성하고 있는 것이다. 김종석 시인의 언어와 감각이 가장 맑고 귀하게 빛나는 순간이 아닐 수 없다.

5. 시인으로서의 외롭고 높고 쓸쓸한 모습

김종석 시인은 자신의 육체 안에 상처나 통증을 가득 안고 있다. 물론 이는 그가 실제로 겪은 구체적 경험이 반영된 결과일 것이다. 하지만 시인은 이러한 실제적 육체의 통증을, 삶의 의미를 성찰하는 시적 에너지로 승화시키고 있다. 이 점에서 시인은 자신이 겪은 고통과 상처를 삶의 보편적 과정으로 설정하면서 마침내는 그 고통과 상처를 치유하고는 삶을 궁극적으로 긍정하는 시 세계를 암시적으로 보여 준다. 그 안에는 자신의 삶을 기본으로 하는 내밀한 서사들이 서정적 순간성을 통해 재현되어 있으며, 그래서 우리로서는 시인의 기억을 좇아 가면서 그의 정신적 고투의 과정에 동참하게 되는 것이다. 김종석 시인의 이번 시집은 이러한 사랑의 역사와 자신의 고통스런 성장사를 엮어 내는 특유의 서사적 기운에 의해 구현된 것이다. 그래서 그의 시편은 얼룩을 빼기 위해 따뜻한 눈물이 필요한 것처럼, 삶의 과정을 스스로 탐구하고 스스로 치유해 가는 과정에 바쳐져 있다. 시집을 관통하면서 가장 외롭고 높고 쓸쓸한 모습을 보여 주는 것이다.

뜨거운 햇살이 푸른 잎을 비춘다

청춘이 비껴간 그녀의 오후처럼

거추장스러운 살결을 감추면서

한 번도 이별해 보지 못한 쓸쓸함

얼마든지 사랑할 수 있을 것인데

쉬지 않고 지나치는 가을바람이다.

　　　　　　　　　　　　　　　—「가을바람」 전문

가을 바람은 서서히 "뜨거운 햇살"을 식히고 "푸른 잎"을 퇴색시킨다. "청춘이 비껴간 그녀의 오후처럼" 가을은 거추장스러운 살결을 감추면서 깊어만 간다. 시인은 이때 한 번도 이별해 보지 못한 쓸쓸함을 통해 얼마든지 다시 사랑할 수 있을 것임을 떠올려 본다. "쉬지 않고 지나치는 가을바람"처럼 새로운 계절을 잉태하면서 시인의 사랑도 천천히 익어갈 것이 아니겠는가. 이처럼 김종석의 시는 이별과 떠나감의 경험 속에서 생성되어 그것을 수락하고 받아들이는 과정을 섬세하고 아름답게 보여 준다. 그래서 모든 관계들이 원천적으로 소멸해 가는 예감에도 불구하고, 그 관계들에 대한 지극한 애정과 말할 수 없는 그리움의 마음을 은유적으로 발화하는 것이다. 말하자면 이별과 떠나감을 예감한 한 시인의 육신을 관철하는 사랑과 그리움의 언어가 이번 시집의 외관이자 실질이 되는 셈이다.

이 세상에서 가장 높은 산에 오르니
한꺼번에 꽃은 피었고 세상은 향기로웠으며
인생은 꽃처럼 피고 지고 하면서 영원할 줄 알았다
히말라야 정상에서 손 흔들던 산악인을 보았을 때
하늘 끝까지 못 오를 리 없으리라 생각하면서

히말라야 정상 높은 산에 오르고 낮은 산을 펼치니
세상 끝까지 눈에 덮여 그토록 아름다웠던 것을
웃던 산악인이 깊숙이 꽂았던 초록 천을 뽑아냈고
품에서 꺼낸 비단 장미꽃 문양이 펄럭이고 있었다
북서풍이 불면서 눈 폭풍은 지나는 줄 알았는데

차가운 몸 움막집을 찾았고 몸이 뜨거워질 줄 알았다
어찌 된 것일까 죽어 있는 사람 죽어 가며 흐느끼는
그들의 옷을 모조리 벗겨서 내 몸을 감싸고 있었다
죽고 싶지 않았고 목숨만은 살아야겠다고 하면서
보이지 않는 창문 어둠이 올 때 졸렸지만 죽는다고

수만 마리 하얀 새들 높은 산에 오르는 꿈결에서
아름다운 물고기는 바다 깊은 곳에 노닐고 있었다
가난했던 젊은이 높은 산 오르지 말았어야 했던가
사는 동안 희망의 눈물을 흘리리라, 꽃을 피우리라
아카시아 꽃잎같이 향기로운 세상에 살기 위하여.
　　　　　　　—「이 세상에서 가장 높은 산에 오르니」 전문

　궁극적으로 시인은 "이 세상에서 가장 높은 산"을 꿈꾼
다. 그곳에 올라 세상을 굽어보면서 꽃이 핀 세상의 향기
와 그곳에서 펼쳐지는 인생을 관조해 본다. 인생의 영원성
이 지워지고 세상 끝까지 눈에 덮여 그토록 아름다웠던 것
들도 사라져 버리는 시간 앞에 겸허한 마음을 가져 보는 것
이다. 세상에서 가장 높은 곳에서 마주친 눈 폭풍과 가파
른 목숨의 보존 그리고 수만 마리 하얀 새들이 높은 산에 오
르는 꿈결 속에서 시인은 자신이 살아가야 할 시간과 함께
"사는 동안 희망의 눈물"을 흘린다. 그와 동시에 "아카시아
꽃잎같이 향기로운 세상에 살기 위하여" 시를 쓰고, 사랑을
회상하고, 뭇 타자들을 품에 안아 들이면서 기억의 용량을

키워 가는 것이다. 이처럼 김종석 시의 저류底流에 흐르고 있는 것은, 애틋하고도 선명한 지난날의 기억들이다. 우리가 잘 알듯이, 일상에서 우리를 가장 강하게 규율하는 것은 시간이고, 우리는 시간의 불가역성不可逆性 속에서 살아가기 때문에 기억의 재현 작용을 통해서만 시적 현재형을 구성할 수 있을 뿐이다. 김종석의 시는 무의미해 보이는 시간의 흐름을 충일한 의미로 되돌리면서 이러한 원리를 수행해 가고, 그러한 기억 속에서 가장 역동적인 형상으로 몸을 바꾸어 가는 것이다.

결국 김종석의 시는 기억의 뿌리를 찾아가는 고통스런 여로에서 씌어진다. 그 발걸음이 스스로의 신산스런 삶을 향한 것이든, 자신의 삶과 내밀하게 연관된 것이든, 일상적으로 마주치는 사물에서 유추되는 상처나 통증에 관련된 것이든, 시인의 기억은 한결같이 그 시간들이 가졌을 법한 세세한 결들을 재현하고 그 안으로 몰입해 간다. 그래서 그의 작법은 서정의 원형이랄 수 있는 기억의 원리에 의해 자기동일성을 탐색하고 재구성하는 과정에서 완성되고 있다. 물론 여기서 말하는 기억이, 과거를 지향하고 거기에 가치를 부여하는 행위를 뜻하는 것은 아니다. 그것은 오히려 그동안 치러 온 시간 경험을 원초적 형식으로 복원하면서도 그것을 현재의 삶과 연루하고 매개하는 적극적인 행위 가운데 하나일 것이다. 아름답고 소중한 결실들이다.

6. 부재하는 대상에 대한 그리움과 열망의 세계

김종석의 시는 한결같이 세계내적 존재로서 가지는 슬픔 같은 것에 초점이 맞추어져 있다. 하지만 그는 그러한 슬픔을 우울한 비관으로만 노래하지는 않는다. 오히려 그는 그것을 자기 긍정으로 전화轉化하는 계기들을 풍부하게 만들어 놓는다. 예컨대 그것은 사물에 대한 외경과 삶의 보편적 형식에 대한 믿음을 통해 만들어진다. 그래서 그의 시편은 오솔길에 피어 있는 한 송이 꽃에 대한 미적 동경에서 발원하기도 하고, 보석으로 존재를 바꿀 순수성과 힘을 간직한 역설의 사물로 존재하기도 한다. 그러한 동경과 보석을 만들어 내는 것은 그의 시편에 들어 있는 그리움의 힘이고 그에 감싸인 근원적 기억들일 것이다. 이렇게 김종석 시인의 시 세계는 부재하는 대상에 대한 그리움과 열망에서 비롯되는 일종의 비극성을 담고 있다. 그만큼 그는 사랑하는 대상인 '당신'과의 결별 상황에서 시를 시작하고 있고, 그럼에도 불구하고 '당신'을 향한 사랑이 변함없다는 것을 집중적으로 노래해 간다. 말하자면 그의 시는 전형적인 연시戀詩 구조를 취하고 있는 셈이다. 그래서 우리는 그의 시를 '당신의 부재-당신에 대한 열망'이 얽혀 있는 비극적 구조로 읽을 수 있게 되며, 그의 서정시를 통해 비극성을 넘어서는 사랑과 그리움의 시학이 어떻게 완성되는가를 경험할 수 있게 되는 것이다.

그리고 이번 시집에서 눈에 띄는 또 하나의 특성은 그가 자신의 직접적 체험을 시의 소재로 적극 활용하고 있다는 점이다. 물론 체험을 시적 소재로 하지 않는 시인은 거의 없을 것이다. 하지만 시인에게 이 점이 특별히 강조되는 것은, 체험의 바깥 영역을 노래하지 않는 그의 견고한 일관성 때문이다. 그만큼 그의 시는 관념을 추구하거나 전위적 실험 의지를 목표로 하지 않는다는 특성을 지닌다. 다만 생리적으로 소박하고, 애써 지은 표정이 없는 삶의 깨달음을 곡진하게 담고 있을 뿐이다. 그만큼 그는 세월이 준 상처의 무게를 자신의 피부 속 깊이 끌어당겨 육체화할 수 있는 안목을 얻기까지 눈 돌리지 않고 꾸준히 자신만의 세계를 일구어 온 것이다. 그래서 그의 시 세계는 무반성적이고 자동화된 작품만을 쏟아내는 행위와는 엄연히 구별되는 것이다.

최근 우리 시대의 시인들은 사라져 가는 것들을 힘겹게 기억하고 상상적으로 복원하는 싸움을 마다하지 않고, 서정시가 그러한 영혼들의 내적 고투를 기록하는 것임을 부인하지 않는다. 거기에는 우리 시대의 원리가 인간의 이성이나 관행에 의해 일사불란하게 관철되고 있다는 데 대한 부정과 함께, 이성이 그어 놓은 숱한 관념의 표지들을 해체하고 재구축하려는 만만찮은 열정이 담겨 있다고 할 수 있다. 물론 그러한 부정과 해체의 정신은 실험적 전위들이 가질 법한 모험 정신과는 거리가 먼 것이다. 오히려 그것은 잃어버린 서정시의 위의威儀를 세우려는 고전적 열망과 깊이 닿아 있는 어떤 것이다. 그때 서정시는 시인 자신의 자기 발화에서 발원하고 펼쳐지고 완성되어 갈 것이다. 물론 시인이 포착하고 노래하는 대상이 일종의 공공성을 띰으로써 사회적 확산을 가져오는 경우도 있겠지만 그럼에도 서정시는 궁극적 자기 회귀의 속성을 포기하지 않는다. 물론 이때 자기 회귀의 속성이란 철저하게 고립된 개인적 차원을 뜻하는 것이 아니라, 타자들을 포괄하면서 동시에 다시 구체적 개인으로 귀환하는 과정을 모두 포괄하는 차원을 함의하는 것이다. 그 점에서 김종석의 시는 구체적인 삶의 맥락을 통해 서정시가 가지는 타자 지향의 원심력과 자기 회귀의 구심력을 동시에 보여 주는 실례로 남을 것이다. 그렇게 시인은 그들에 대한 가없는 그리움을 통해 원심과 구심이 만나는 선명한 지점을 노래하고 있다. 부재하는 대상에 대한 그리움과 열망의 세계를 환하게 보여 주는 것이다.

이처럼 숭고하고 아름다운 사랑과 그리움의 서정을 담은 이번 시집의 출간을 축하드리면서, 우리는 다시 한번 김종석 시인이 더욱 맑고 아름다운 언어를 갈무리해 감으로써 새로운 미학적 차원으로 거듭 도약해 가기를, 마음 깊이 희원해 보는 것이다.

김종석 시집   행복하지 말고, 불행하지 말고, 웃으라고

1판 1쇄 펴낸날 2021년 9월 30일
지은이 김종석
펴낸이 이재무
책임편집 박은정
편집디자인 민성돈, 장덕진
펴낸곳 (주)천년의시작
등록번호 제301-2012-033호
등록일자 2006년 1월 10일
주소 (03132) 서울시 종로구 삼일대로32길 36 운현신화타워 502호
전화 02-723-8668
팩스 02-723-8630
홈페이지 www.poempoem.com
이메일 poemsijak@hanmail.net

김종석ⓒ, 2021, printed in Seoul, Korea

ISBN 978-89-6021-582-5 03810

값 15,000원